7月7月鬼門開
洪佳如◎文
左萱◎圖

悲憫與共生

【推薦序】李進益（東華大學華文系教授）

每年到了農曆七月初一，民間傳說陰府鬼門打開，鬼魂會來世間遊蕩，七月半中元節各地就要普渡、搶孤、放水燈。臺灣這種雜揉佛道的民俗宗教活動，由來已久，其中隱含對死者冤魂的召喚與追思，展現常民慈悲之情。也就是在這樣的民俗習慣裡，我們知道民間自古以來就流傳「抓交替」的傳說。

這種鬼抓替身的傳聞，總是發生在車禍、自殺或溺水的場域，尤其是溺水事故，最為常見。由於不是自然的死，民間認為一再重複發生的慘劇，背後有著一股神祕力量在引導，於是就相信三界六道生死輪迴，一切生死皆有因果業報的觀念。所以，佛教教化眾生要放下我執與無明，才能離苦得樂。死者亡魂也必須通過宗教

儀式，才能得到超度與慰藉。

佳如這本《7月7月鬼門開》故事集，充分運用臺灣民俗各種題材，雖然在講鬼故事，卻講了一個不同凡響的人鬼動物之間，彼此融洽交流的故事。她通過小女孩瀅瀅的愛心，講述人鬼不但可以交流，結伴在天空飛翔，成為知心朋友，而且，貓狗也是「眾生」之一，應該平等相待。幽冥界與人世間雖有差異，可是兩者是可以和諧共生；人與動物儘管不同類，依舊可以和平共處。

佳如在故事裡，除了傳達眾生平等的觀念，愛護動物的熱情以外，更重要的是，她藉由此書想要結合民俗節慶與文學創作，讓下一代能夠多了解臺灣民俗文化，進而產生熱愛鄉土之心。她的這一點用心，我非常讚佩，讓我樂於推薦此書並寫序。

最後，我認為這本書，對兒童讀者具有成長的啟示，可以開拓想像力，認識生命真諦；對家長而言，則可深入理解常民文化，加深對人性與倫理的思索。

【自序】

想要好好活下去

我相信，冥界和陽間之間自有一道模糊界限，平時只有鬼門開的時候，鬼魂們才能大膽的穿越門限，在合理規範內，自在的暢遊人間。為了祭拜亡魂，農曆七月臺灣各地舉辦了各式各樣的祈福活動，希望能藉由各式民俗儀式安定亡魂。人死後有人祭拜、懷念，可是，動物亡魂們又該何去何從？牠們生前的願望由誰來為牠們達成？

《7月7月鬼門開》希望藉由主角——水鬼一角與人間小女孩瀅瀅的攜手合作，維持冥界的和平。傳說中，擦牛眼淚會看見鬼，但大家沒有深究原因，我認為，這是因為牛一輩子為人類忠心耿耿的工作和人類之間有著深刻的感情，當牠知

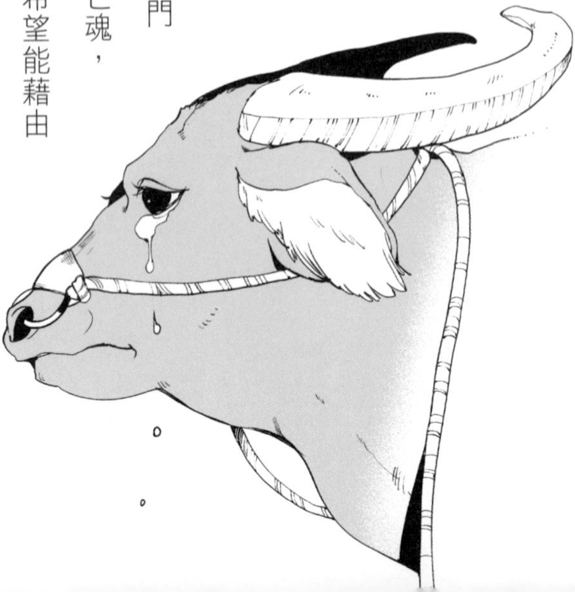

道自己被出賣時，會和人一樣，悲傷的掉眼淚，那滴淚水之所以珍貴，是因為有牠這輩子所有的快樂和悲傷回憶。

有了牛眼淚的幫助，瀅瀅開始看得見冥界的存在，她會遇見各種的動物亡魂，試圖找出解決的方法，讓牠們順利成佛，在人與動物之間，建立一段可親可愛的互動關係，讓不同年齡層的讀者都能從中獲得啟發。

許多人對冥界都帶有幾分陌生的誤解，甚至心生恐懼害怕，尤其對日漸與民俗文化脫節的孩子而言，更是因為不了解而產生畏懼，為了彌補這個跨文化的斷層，融和鄉土民情與民間習俗。我希望將現有的民間信仰內增添動物形象，讓小朋友在閱讀之餘，能夠因動物角色的帶入，更加感同身受並且貼近這塊土地，引起孩子們的內心情感投射與同理心，進而思考生命是怎麼一回事，更進一步能夠善待、尊重每個物種生存的權利，因為所有生命都和我們一樣，想要好好活下去，遇見此生更美麗的風景。

目錄

生日禮物

瀅瀅心裡一直有個祕密，每年的生日，她都要將三個生日願望全部用在這身上，一次也不例外。大人們總喜歡哄著她將願望說出來，不過瀅瀅知道，願望說出來就不靈，於是她的嘴巴，一年比一年閉得還要更緊，誰也不能從她口中聽見最後一個祕密，就連爸爸也不例外。

除了保守祕密外，每年生日還有另一項重頭戲，那就是阿媽總會不嫌辛苦的來到瀅瀅家，送給瀅瀅一顆又圓又大的大蘋果當作生日禮物，今年還加碼送給孫女小禮物。

「瀅瀅啊，這是阿媽幫你向媽祖娘娘求來的平安符，還有這蘋果給你呷平安，祝福你生日快樂喔。」阿媽溫柔地把平安符掛在瀅瀅脖子上，瀅瀅低頭看那黃色的符咒被折成小小的八卦模樣，好想跟阿媽說，這件禮物看起來有些可怕耶。

雖然心裡這麼想，瀅瀅還是乖巧的接過了蘋果，紅通通的外皮，就像是一份綁著漂亮蝴蝶結的禮物，讓人看了開心極了！

「謝謝阿媽！」瀅瀅清脆咬下了第一口蘋果，蘋果的香甜滋味，在鼻子裡面不斷蔓延。瀅瀅心裡想，還是阿媽帶來的蘋果最好吃！不過……好奇怪哦……怎麼每咬一口好像……味道就淡了一點？

瀅瀅以為是自己的錯覺，將鼻子更湊近蘋果了些，嗅了嗅，又在嘴巴裡嚼了一嚼。奇怪了……這顆蘋果，怎麼吃到最後，連一點蘋果的味道都沒有啊，只有嘴裡沙沙的聲音和感覺，好奇怪的一顆蘋果喔？瀅瀅正想向阿媽反映，怎麼今年的生日禮物一點也不甜？不過……話到了嘴邊，她又趕緊收了起來，因為媽媽跟阿媽正在討論阿公最近的身體狀況。

阿媽和媽媽只要一談起阿公，兩人的聲音就會因為傷心逐漸變小，小到快令人聽不見，瀅瀅知道，這幾年阿公患了失智症，聽媽媽說，阿公的回憶不是不見，而是停在好遠、好遠，遠到除了阿公以外，沒有人曾經去過的地方，找不到路回來。

「要怎麼樣才能把阿公的回憶帶回來？」瀅瀅曾經這樣問，大人們卻搖搖頭，「回憶一但迷了路，就得靠人為它引路，很可惜，現在醫學還沒辦法把阿公的回憶帶回來。」

瀅瀅一邊想著過去媽媽的回答，一邊吃著沒有味道的蘋果，慢慢走回房間，午後的太陽，把房間晒得好溫暖，瀅瀅躺在暖暖的床上，躺著躺著都快睡著了。可是今天是她的生日，爸爸跟她約好，今天會早點回家，她說什麼也不能睡！為了讓時間過得快一點，她對著牆壁玩起手掌影子來，一邊喊著小狗汪汪，一會兒變成螃蟹在沙灘上快跑，一下子影子又變成蝴蝶翩翩飛翔。這些都是爸爸教會她的遊戲！

瀅瀅的爸爸是一位勇敢的消防員，爸爸告訴她，半夜裡聽見消防車的嗚笛聲時，不要擔心爸爸。這個時候，只要玩玩影子遊戲，想想爸爸的影子正在夜裡忙碌穿梭，所有的風呀，都會盡責把瀅瀅的思念帶到他的耳邊來，保護他的平安。

因為這樣，只要半夜被尖銳的嗚笛聲響吵到睡不著覺，緊張的瀅瀅就會施展這一道只有她和爸爸知道的魔法。不知道爸爸今天什麼時候才會回來的瀅瀅，對著牆玩起影子遊戲。

「一、二、三、四……」，瀅瀅手裡比著數字，沒想到卻越比越心慌，因為牆上的影子速度竟然比自己快！這真是太奇怪啦！

「嘻嘻，蘋果好好吃喔，謝謝妳請客喔……」影子比自己的動作快，這已經夠奇怪了，這個時候不知道從哪裡來的男孩說話聲，傳進瀅瀅耳朵裡。

「是誰？」瀅瀅渾身發抖，害怕轉過身，只見房間裡空蕩蕩的，但她

的確感覺到了，有一個人正在她房間裡某個角落，開心的吃著蘋果。

「你、你是誰！」瀅瀅想要跳下床，有「人」卻頑皮的抓住她的腳踝不讓她離開，一時間雞皮疙瘩瞬間從腳底竄升到頭皮，這該——該不會是鬼吧！

「妳猜對了，我就是鬼！為了恭喜妳猜中答案，我看我就別捉弄妳了。」瀅瀅驚訝的看著自己倒映在牆上的影子，居然延伸出一絲細細的黑線，迅速爬到天花板上。

這時候，原本映在牆上的黑細影，從牆面跨出一隻灰色的腳，然後是半邊的身體，最後一個和瀅瀅年紀相仿的灰男孩，帥氣的蹬了蹬牆，翻了個跟頭，安穩落地。

「鬼！是鬼！你別過來！別過來！媽媽、阿媽快來救我啊！」瀅瀅緊緊捏著脖子上阿媽為她求來的平安符，用力的閉起眼睛，好希望現在是在作夢，只要願意醒過來，鬼就會消失不見。

「噓！噓！要是被大人聽見怎麼辦？妳們女生就是愛這樣大驚小怪，是鬼又怎麼樣？妳小聲一點啦。」瀅瀅刺耳的尖叫聲讓灰男孩頭疼的受不了，將兩隻手指頭塞進耳朵裡，耐心等待眼前的女孩尖叫完畢。

「哇，我知道這個平安符耶，是我以前的家附近的媽祖廟求來的耶，誰送你這個平安符啊？真有心，這位媽祖娘娘真的很溫柔、很靈驗喔！自從我變成鬼以後，受到祂許多幫忙跟庇佑。」灰男孩一雙黑漆大眼，骨溜溜的盯著瀅瀅的平安符打轉。

「這是我阿媽送給我的生日禮物，你不要靠近我，媽——媽我的房間有鬼！」瀅瀅又哭又喊，媽媽和阿媽怎麼還不趕快來救她？

「現在的孩子真沒禮貌，鬼也是人變成的啊。我呀，可是從妳們學校的斑馬眼睛裡，好不容易才找到回到人間的路喔，妳要知道，這可是相當辛苦的大工程耶。多虧有妳的幫忙，今年我才能早一點回到人間，再說每個人總有一天總會死掉，妳跟我，真的有差那麼多嗎？」

灰男孩一口氣把要說的話說完後，自在的吹著口哨，不管女孩聽不聽得懂他的話。漸漸的，驚魂未定的瀅瀅，開始覺得，他講的——好像有這麼一點道理耶。所有的鬼都是人變成的啊，就算對方真的是鬼，眼前這個灰男孩看起來也是一個好鬼，沒有要傷害她的意思。

「妳想夠了沒？平安符可不可以再讓我看一下啊？」沒想到這個鬼男孩居然對她提出這個要求，天底下的鬼不是都應該怕平安符嗎？為什麼他不怕啊？

「做壞事才會需要害怕啊，我生前又沒做什麼壞事，只是不小心死掉而已，跟妳說，以前阮阿母也會從廟裡，為我和小妹向媽祖娘娘一人求一個平安符，保庇阮平安會讀書哦！嘿嘿，但是說來真歹勢，我書讀得不好，還好我的小妹很爭氣，讀書都是全班前幾名，也還好有小妹在……不然我真不敢相信，我走之後阿爸、阿母怎麼振作起來。」

鬼男孩自顧自的說起往事，瀅瀅則是努力的猜，他剛剛說的「斑馬的眼睛」到底是什麼，這裡又不是動物園，哪裡來的斑馬？

啊！他說的，會是學校小花園裡的斑馬雕像嗎？那裡，就是鬼魂們通往回家的路嗎？這麼說來……班上那些臭男生總是說到了半夜，學校雕像會亂動，大猩猩、斑馬和大象溜滑梯都會起來走路，都是真的嗎？

「沒錯，那裡就是我們回來人間的路喔！雕像當然會走路啊，他們站一整天，走一走活動一下，不過分吧？嘿嘿，妳不知道的事，還多著呢，下次有機會的話，我再找時間慢慢告訴妳！我現在最要緊的是趕緊找到回家的路。」

一邊聽著瀅瀅的內心聲音，鬼男孩一邊滿意點點頭，他好久沒有和人間小孩打交道，本來還擔心，第一次見面會和不來呢。不過眼前的小女孩，不僅長得很像他的妹妹，似乎也不怎麼怕他，讓他一下子忘了鬼前輩們再三叮嚀，回到人間所必須遵守的人鬼規矩。

他們總是這麼說：「年輕的小鬼啊，要小心忘恩負義的活人啊，他們不敢承認自己死後也是鬼，只敢對我們處處提防、提心吊膽，要是我們走路不小心撞到活人，或是一個不注意出現在他們眼前，膽小的他們，就要把我們打得飛、灰、湮、滅，恨不得天底下鬼魂通通從這個世界上消失，真是可惡！難道我們就沒有在人間完成心願、等待投胎的機會嗎？總之，切記、切記！跟活人打交道，鐵定吃虧！」

可是眼前這個小女孩，鬼男孩不論正著看、反著看、倒過來看，都不像是會傷害他的人，反而越看越投緣呢！要不是他趕著找尋回家的路，真想帶她大開眼界，好好認識鬼魂的世界。

「回家的路？鬼的家——不是應該是天堂嗎？你怎麼還可以回到人間？」阿公從小就告訴她，善良的人死後會上天堂，壞人會下地獄，鬼男孩說他不是壞人，那他怎麼沒有上天堂，而且還想回家呢？

「什麼？難道你的爸爸、媽媽、阿公、阿媽都沒告訴你，每年農曆七月鬼門開，就是讓鬼魂回來人間探望親人的日子嗎？我們當然可以回家囉，只不過明天才是鬼門開，因為我實在等不及啦！所以今年才提早從斑馬的眼睛偷偷回到人間來，不然往年都得等和大家一起排隊回人間耶。」

「唉……說到這，要不是當年阿爸、阿母搬家，衣服、書包、便當盒什麼東西都記得幫我帶了，卻忘了燒冥紙告訴我新家地址在哪裡，不然我早就可以順利回家，沒看到他們最後一眼，我不敢安心去投胎啊……」鬼男孩低下頭來，瀅瀅彷彿聽見了眼淚落下的聲音。

「你不要哭，我相信你爸爸、媽媽一定跟你一樣，非常想念你的。」眼前的鬼男孩，一點都不像她心中想像中的「鬼」那副可怕模樣，他的樣子看起來和隔壁班的臭男生沒兩樣，說是活人她也相信！慢慢的，瀅瀅膽子逐漸壯了起來，好奇鬼男孩的一切。

「你是怎麼進到我的影子啊？是不是所有鬼，不論好鬼、壞鬼，都可以進到任何人的影子裡？這未免也太可怕了吧，還有，我也可以連上你的影子嗎？」

「靠妳的回憶呀，只要我能從過去的經驗裡，找到和妳相同的情緒，就可以成功『黏』上妳的影子，那天，妳不是因為跟爸爸、媽媽吵架，才會到學校裡的小花園裡散步，抱著斑馬雕像說悄悄話嗎？」

「我以前啊，只要做錯事，阿母連看都不看我一眼，我只能一個人抱著我們家養的牛偷偷流眼淚，所以我很懂得妳的心情，選擇了妳當我回到人間的夥伴，透過妳的影子，我才能順利從另外一個世界回來。」

瀅瀅點頭又搖頭，還是不明白，怎麼光是懂得對方的心情，就可以把兩個人「黏起來」？

鬼男孩不放棄的繼續向瀅瀅解釋，「妳總知道，要怎麼用收音機找到廣播電臺節目吧？」鬼男孩這麼一說，瀅瀅慢慢想起來，當她每次回阿媽家，躺在榻榻米上，臉頰貼著冰冰涼涼的收音機，鼻子裡傳來生鏽氣味，耳朵裡傳來廣播電臺的賣藥聲……她當然知道怎麼找到好聽的電臺！這點小事才難不倒她。

「這就對啦，和收音機一樣，我只要撥動上面那小小的刻盤，把心裡的刻度，調到和妳的回憶相同的情緒頻率，就順利黏上妳的影子啦。我生前阿母跟我說過，只要用心傾聽，就能成為好朋友，果然沒有錯！」

為了證明自己所說不假，鬼男孩閉上眼，伸出透明的食指，仔細回想當時候，瀅瀅和家人吵架難過、寂寞的心情，沒一會兒工夫，如他所說，連上瀅瀅倒映在牆壁上的影子，開心的跳起舞來。他搞笑的舉止，逗得原本張大眼睛的瀅瀅笑了出來，眼前這個「鬼」根本一點也不可怕。

「至於妳可不可以黏上我的影子，我想那可不行……。從我的魂魄離開身體的那一瞬間，早就已經失去了自己的影子，妳要知道，每一個鬼都沒有影子……所以妳要好好珍惜自己的影子喔。」

像是想起什麼似的，忽然之間鬼男孩踮起腳尖，在空中翻了跟頭，「唉呀！還沒好好介紹我的名字，我是該投胎卻因為沒有完成願望，遲遲沒有升天的孩子——一角，爸爸為我取了綽號——撿角，唉唷，隨便妳怎麼叫啦！」

一角不好意思地搔了搔後腦杓，這個綽號還真是讓他在女孩子面前抬不起頭耶。

「撿角——嘻嘻，怎麼會有人取這個名字啊，好怪哦！」瀅瀅還記得小時候阿媽總說「小時候不讀書，小心長大後撿角」，這是一句說人不懂得長進，長大就會後悔的俗諺，怎麼會變成一個人的名字呢？

「唉唷，還不都是我阿爸啦，怕我的本名會沖到我的小妹，才幫我取了這個偏名，害我都被同學笑是撿角撿角、長大沒出脫，不過我也不討厭就是了，畢竟我是哥哥嘛，做哥哥的總是要為妹妹著想，才是好哥哥啊。」一角揚起下巴，臉上露出驕傲神情。

瀅瀅聽得目瞪口呆，這還是她第一次知道，這世界上，能夠用自己的偏名，守護家人平安呢，還有她發現，從剛剛到現在，眼前的鬼男孩說的每一句話她都聽得懂，但是每一個習俗她都不知道。

「欸欸，雖然我知道我長得很帥，妳也不用看我看得那麼入迷吧。」一角俏皮吐出舌頭。

「哼！你少臭美了，黏上影子的方法我知道了，那從斑馬的眼睛回來又是怎麼一回事呢？」

「這件事妳問我就對了，這就是我們鬼魂們偷偷回到人間的方式，如果不在鬼門開的時候乖乖排隊，就得從各式各樣的鏡面回來，像我是從玻璃珠，有些鬼朋友則是從鏡子或是湖水冒出頭來，還有人從電視回到人間呢，我聽那些前輩說，現在的電視，不知道為什麼，都做得又大又薄，一個不小心，就會把腰折斷啦，真是笑死我了！」一角說到這，忍不住捧著肚子哈哈大笑。

他還記得那位姊姊的名字叫做貞子，她想從電視機回到人間，卻不小心傷了腰，那段時間裡，全冥界的鬼，全都沸沸揚揚在討論這起事件，搞得害羞的貞子姊姊只能一手扶著腰，一邊用長長的頭髮，將整張臉全都遮起來，頭連抬都不敢抬呢。

「我從玻璃珠裡看見妳的身影，妳長得好像我妹妹，我越看越覺得親切，所以就決定借妳的影子用一用，躲在影子裡，提早一天，回到我所思念的人間來。」

「你不怕被發現嗎？要是被懲罰怎麼辦？我們老師最不喜歡沒有按照規矩的同學。」瀅瀅擔心的問，她對這位新朋友有滿滿的好奇，她雖然對「鬼」了解不多，但冥界和人間，應該都有必須遵守的規則吧，像一角這樣偷跑回人間，真的沒問題嗎？

「不用擔心啦，冥界的鬼魂這麼多，偷跑的人多的是，就算被抓到，只要沒有做出擾亂人間的事，大人們多半睜一隻眼、閉一隻眼，免驚、免驚。」

一角一邊解釋，一邊將臉貼近瀅瀅房間裡的全身鏡，不過即使他努力睜大雙眼，鏡子裡還是照不出自己的樣子。唉，他好想知道，自己現在長什麼樣子喔，這麼多年過去，如果阿爸、阿母看見現在的他，還認得出來嗎？

不過……這些擔憂，一角還不打算將這麼多心事和新朋友分享，畢竟，這麼多年來，他看到有太多、太多鬼朋友們，一股腦兒將滿腹思念、生前最想完成的願望和新朋友分享，滿滿的熱情嚇得大家落荒而逃，直說「人死都死了，還想這麼多做什麼？不如早點去投胎。」所以一角不打算將這些擔心告訴新朋友。

再說一角也明白，自己活在這世上的時間實在太短了，不過活了短短十年時間，還不夠讓他和其他鬼哥哥、鬼姊姊一樣精采說故事，往事說多了，說久了，自己也聽膩，人世間意外到處都有，自己的死去一點都不稀奇。

這三十年來，他在冥界與人間來來回回，經過一個又一個的夏天，只為了再見到阿爸、阿母一面，這些年他在老家前不斷徘徊，就連鄰居家的門神大哥都好心跟他說：「孩子，別再找他們了，放心去轉世吧。」

但是一角就是捨不得啊……他相信，只要繼續在人世間飄浮，總有一天會見到親愛的阿爸和阿母一眼，他相信，他們就跟自己一樣，深深懷念著彼此，不找到他們，他就放不下當年的大石頭放心投胎。

「好啦，我該走啦，再不把握時間在人間打聽消息，今年又會錯過尋找家人的超級任務啦。」不小心沉溺在回憶裡的一角摸摸鼻頭，為了掩飾害羞，清清喉嚨大聲的宣布他的大計畫。

「欸欸！你還會回來嗎？我們可以一起玩啊。」看著一角從窗戶騰空飛出，瀅瀅趕緊奔向窗邊喊，一角在空中上下飄浮，歪著頭在空中猶豫的想了想。

「好，我答應妳，中元普渡那天是我們水鬼的大日子，那一天我一定找妳一起去玩。」

聽到新朋友的允諾，瀅瀅開心極了，就像收到意想不到的生日禮物。一角揮了揮手，帥氣的騰空飛起，夕陽灑下，讓一角身上暗沉的灰色，透過了光，變成了暖烘烘的橘黃色，瀅瀅望著他離開的背影，感覺他比根羽毛還要輕。

「再會囉！我們中元節見！」

重返人間

「這會是夢嗎？」瀅瀅不知道怎麼證實剛剛發生，奇怪又離奇的一切，她愣愣的咬下奶奶送的大蘋果，這一次，又香又甜的滋味，又回來了，是不是代表一角將蘋果還給她了呢？

正當瀅瀅沉浸在解開謎題的過程，忽然聽見遠方消防車鳴笛聲響起，她神情失落的拉起窗簾。看來，擔任消防員的爸爸這一次又要因為工作錯過她的生日了。

就這樣，瀅瀅安靜度過了十二歲生日，遇見鬼男孩的事，她誰也不說，就連對學校最要好的朋友也守口如瓶。因為，這件事實在太瘋狂了，平常大家聊天要是說起鬼故事，大家不是哇哇大叫，不然就是哇哇大笑，一點都不尊重鬼，朋友之間是有規矩的，要是大家亂傳話，說不定會讓這位新朋友平白受傷。

等了又等，瀅瀅不曉得將日曆翻了幾遍，終於等到中元節這天。睡前，她望著外頭正透著光的窗，失望的嘆了口氣。

「看來，那天真的是我胡思亂想，哪有鬼會跟人約好一起出去玩啊？啊！媽媽怎麼忘記把燈關掉。」房間外頭的光透進了窗戶，瀅瀅起身按下開關時，聽到了房外傳來一陣痛苦的哀嚎聲。

「唉唷！妳怎麼忽然開燈啦，那麼亮，害我嚇了一大跳！」一角扶著額頭飄進了房內。

「我不是故意的，我還以為是媽媽忘了關燈。」瀅瀅急著想要解釋，一角揮了揮手，要她打開窗戶瞧瞧。

「妳看仔細，是月娘的光啦，中元節是農曆七月十五號，月亮當然又大又圓。」聽了一角的話，瀅瀅打開窗，驚奇的發現，月光輕輕籠罩著大地，四周宛如披上一層透明的浪漫白紗，過去她從來沒有發現，原來，夜晚是那麼漂亮。

「說好了，我要帶妳去見識一下我們水鬼的大日子——放水燈，我們走！」一角拉起瀅瀅的手，沒想到，聽見了瀅瀅的慘叫聲。

「好痛！」瀅瀅感到她的五根手指頭，像是插在一大桶冰水裡的刺

痛，迅速將手抽回，她看著一角的眼神很受傷，不明白新朋友為什麼要傷害她。

「對不起、對不起，我問了好多老前輩，要怎麼才能帶妳看看我們的世界，大家都說過去從來沒聽過這種事，都說『我們是鬼，怎麼可以跟人當朋友？』不過總算被我問到方法啦！只要我們心裡共同唱一首歌，不管妳是人、我是鬼，我們就能手牽手在天空飛翔。來！放心將手伸給我，閉上眼睛，在心內唱歌，讓我帶妳飛上天空，〈天黑黑〉會唱吧？我小時候都邊唱這首歌邊放牛喔！」

就這樣，瀅瀅和一角兩人心中唱著同一首歌，感受夜晚的微風，舒服迎面徐徐吹來，瀅瀅閉上眼睛，雖然看不見眼前的東西讓人緊張，但是她卻聽見了黑暗裡更多聲音，更多過去不知道的世界。

有別於瀅瀅對第一次飛行，什麼事都感到好奇，一角可是緊張死了！這還是他出世以來，第一次牽女孩子的手耶，想到這，他彆扭的轉過頭、別過臉去，就是不要看瀅瀅閉著眼睛微笑，好看的樣子。一角集中注意力，比過去來的更加仔細的，感受腳下氣流起伏，最後跟隨著月光的指引來到了目的地。

「好美！」看著眼前盞盞水燈漂浮在水面之上，讓瀅瀅忍不住驚呼。一角調整了一下姿態，讓瀅瀅能夠緩步降落於溪水上，瀅瀅感覺自己的腳丫子沾了一點溪水，又冰又涼。

「這就是專門為水鬼舉辦的儀式。在中元普渡這天，為了怕鬼魂們在黑暗中迷路，回不了家，人們會在溪流放上一盞水燈。只要沿著水燈，即使不擅長穿越鏡子的鬼魂們，也可以放心的回到人世間喔！」瀅瀅望著閃閃爍爍的水燈，心裡有好多問題，卻不知道從哪邊開始說起。

「欸，我問你喔……所有死去的人都可以回來嗎？」她覺得，自己的聲音很乾，很不像自己。

「不能，但就算回的了人間，大多時候只是遠遠看著人類，才不像那些假道士說的，鬼回到人間就是要害人。哼！我們連完成自己的願望都快來不及了，哪裡有心思害人啊。我們鬼常說，人比鬼還可怕，成天想些有的沒的。」

這時候，一角瞥見有個孩子落在隊伍後頭，急急奔跑追趕，深怕跟不上大家的腳步。也許，這是他第一次回到人世間，就跟當年的自己一樣，孤零零一個人跟在大人鬼後面，不明白為什麼自己還來不及長大，就得變成鬼。

「對了，這裡有很多鬼嗎？我怎麼一點都不覺得？」瀅瀅看著眼前霧茫茫的一片，只有零星的鬼魂相繼飄過，一點也不像所謂「鬼的大日子」。

這句話聽得一角瞇起眼睛，認真想想問題出在哪裡。啊哈！他知道了，看來這位小妹妹的「眼睛」還沒有完全打開，所以不能看到所有冥界的一切，這樣也好啦，不然他們一群「好兄弟」走在路上，就算她膽子再怎麼大，也會嚇到昏過去吧？

「我們別憨憨坐在這浪費時間，鬼月這段期間，可是鬼魂們一年一度的大事，走遍全臺灣，到處都有得吃又有得拿，好好玩耶，我最期待的就是這個時節了。」瀅瀅挑起一邊眉毛，不是很滿意一角轉移焦點的回答。

「不信的話，明天中午，我帶妳到鎮上走一趟，妳就知道到底有多少美食可以吃了。」話一說完，一角就後悔了。找阿爸、阿母要緊，還是跟小妹妹玩要要緊？可是一想到難得有玩伴陪伴，找阿爸、阿母耽擱個幾天，應該……沒關係吧？

這個晚上，瀅瀅和一角坐在河岸邊，靜靜看著人們放水燈。瀅瀅忍不住想，擔任消防員的爸爸，救了很多人的性命，但也有很多人因為來不及搶救而喪生，那些人都順利投胎了嗎？還是他們也和一角一樣，生前還有著沒有完成的夢想，需要每年辛苦的不斷回來人間一趟呢？

這些困難的問題，漲滿了瀅瀅小小的腦袋，她不明白，如果這個世界上真的有神明，怎麼捨得人還來不及長大就得當鬼魂？想著想著，瀅瀅忍不住小聲的哭了起來。聽到女生嗚嗚的哭聲，一角不知道該如何是好，只得趕緊將她平安送回家，沿路上兩人一同的小聲哼著歌、牽著手，飛過整片星空。

「明天再來找妳玩喔。」瀅瀅還來不及答應一角的邀請便沉沉睡去，一角看著她笑了笑，鬼不用睡覺，他可要把握時間，出發去找阿爸、阿母囉！

隔天中午，一角連招呼都來不及打，便咻——遁入瀅瀅影子當中，開了房門快跑起來，瀅瀅還搞不清楚發生什麼事，一雙腿自動自發快步跑向鎮上去。風呼呼擦過她的臉龐，瀅瀅敢保證，現在的自己，跑得比班上的第一名還要快！到底一角要帶她去哪裡呢？

「噓！妳遠遠的看，看仔細點，可別打擾他們吃飯喔，在這個重要的時候打擾鬼吃飯，可別怪他們對妳生氣。」躲在瀅瀅影子裡的一角，提醒著她，可別壞了大家吃飯的好興致。

「我才不敢惹鬼生氣咧，我只是想看清楚大家在做些什麼。」瀅瀅這麼一看，不得了了，怎麼家家戶戶神桌前都有一大群人在排隊？但是在旁邊燒金紙、拜拜的叔叔、阿姨們卻好像沒看到他們，這到底是怎麼一回事？

「排隊的人就是我們鬼啦，農曆七月人們好心請吃飯，我們鬼就不客氣囉！來來──妳聞聞看被大家吃過的水果。」一角指了指神桌上的水果，臉上露出調皮神情。

「不要，要是被人發現怎麼辦？」

「不會、不會啦，大家忙著燒金紙，才沒時間管妳在做什麼，快點。」在一角不斷慫恿之下，瀅瀅趁著某家女主人跟鄰居閒聊時，湊近了點，大力一聞桌上的水果，居然和那天遇到一角時的蘋果一樣！一、點、味、道也沒有！

「嘿嘿，我們鬼吃飯呀，就是靠這氣味吃飯，所以人人都是好鼻師喔。」一角拉長了脖子，再一次大力的嗅了嗅食物的香氣，臉上露出心滿意足的表情。

「啊，真是山珍海味，人間美味啊！這香氣，一年才聞得到一次，我可要好好補充元氣。」一角使勁力氣用力的吸氣，看著他發皺的鼻子，逗得瀅瀅哈哈大笑。

「這麼說來，那時候就是你這個貪吃鬼，偷吃我的蘋果囉，才會讓蘋果一點味道也沒有，我沒猜錯吧。」瀅瀅想起生日那個下午，阿媽送她的大蘋果，卻越吃越沒有味道，讓人擔心是不是自己的舌頭壞掉咧。

「偷？妳說這話就不對了，我只是『借』來聞一聞，我們鬼也要補充體力呀！不然，回家的路那麼長，我們餓了一整年，怎麼找到回家的路啊？」話才剛說完，正巧輪到一角享用大餐，他趴在神桌前聞了又聞，哇，有他最喜歡的餅乾耶，真是太棒啦。一角摸摸自己渾圓的肚子，嗝，這一餐吃得好飽，好滿足呀。

摸著渾圓的肚皮，一角不禁心想，為什麼不能一年三百六十五天，天天都是「鬼門開」？這樣一來，他就有整整一年的時間，可以找爸爸、媽媽啦！他就不相信，如此一來還會找不到他們。

這一天，兩人玩得開心極了，一角用他的影子，牽動著瀅瀅的雙腿，讓一向跑不快的她，能用一雙神速飛毛腿穿梭在大街小巷。偶爾，路上會有一角的朋友大力向他們揮著手打招呼，起先瀅瀅有些怕怕的，但是看見大家臉上燦爛的笑容，瀅瀅漸漸開始覺得，鬼，好像也沒有這麼可怕。

「鬼本來就不可怕呀，就連人也都是鬼投胎才變成的，人死後，還不是會變成鬼？大家以後都是鬼啦！糟糕！已經快到子時了，今天是鬼門開的第一天，鍾馗大人今晚要我們回冥界點名，我居然會忘了這麼重要的事。」

看到向來天不怕、地不怕的一角嚇得渾身發抖，瀅瀅想也不用想也知道，大事不好啦！想想都是自己貪玩，耽誤了朋友的時間，真是不應該。

「我們快走吧，也許還來得及趕上點名。」聽到瀅瀅這麼說，一角牽起她的手，兩人再次在月光中飛翔。當降落河堤邊時，看見鍾馗大人走在長排鬼魂的後頭，一角呆立在原地，他沒有想到這三十年來，年年排第一的他，居然會錯過了最重要的點名時間！

按照規定，這天若是沒有乖乖跟隨隊伍返回冥界報到，可是犯了鬼魂們的大忌，將無法再次重返人間，可以說，無法完成生前最重要的夢想，看到穿著大紅衣服的鍾馗走在隊伍前頭，一角趕忙追上，瀅瀅連忙跟在後頭，不知道該如何是好。

「鍾馗大人，我真的不是故意遲到，拜託您！讓我回冥界吧！」一角緊緊跟在鍾馗身後，想要拉大人的衣角，卻又怕被罵不守規矩。放眼望去，到處都是長長的人龍，大家早已按照規定排好隊，等待回冥界一趟點名，大家都知道，只要好好遵守規矩，明日就能再回到人間，繼續享受鬼門開的美好假期。

「哼！孩子鬼在世貪玩，難道玩到連冥間的規矩也忘了嗎！我不能只為了你而壞了規矩。」鐵面無私的鍾馗，頭也不回的走到隊伍前頭，準備領著鬼魂大軍返回冥界，他才不理會不聽話的小鬼。

「都是我不好，都是我不好，要怪就怪我好了，都是我沒有注意時間，才害一角遲到的！」感覺到身後有人間小孩的氣息步步逼近，敏銳的鍾馗轉身，挑眉看著瀅瀅。一時間，許多疑惑在他眉宇之間流轉，過一會兒他就明白，這小鬼不僅貪玩，居然還跟人類孩子糾纏不清，莫非他想抓這女孩當替死鬼？想到這孩子鬼年紀雖小，卻如此膽大包天，簡直罪加一等！

鍾馗將眼睛用力睜到最大，想要看清楚事情發生的原委，他那雙大眼內布滿血絲，檢視著一角過去的所做所為，如同電影倒帶一樣，幕幕倒回了每年鬼月，一角流連在人間事蹟，他倒要看仔細，哪裡來的小鬼，膽子居然這麼大，敢帶著人間小孩闖入冥界大事。

沒想到，鍾馗卻看見過去的一角，百無聊賴坐在溪畔。眾所皆知，在鬼月這段時間內，冥界默默允許鬼們「抓交替」，這時候，只要有人類倒楣鬼落到水裡，鬼魂們就可以拖住他們的腳踝，往水裡，最深、最危險的漩渦裡游去，等到那個人不幸溺斃時，這時候，鬼魂就能占據那個倒楣人的升天通道，等待下一次輪迴順利投胎，可是，一角從來不這麼做，因為，他知道要是這麼一來，就會害那新溺死的人無法順利投胎。阿母常對他說，害人之心不可有，他寧願多花點時間找爸媽，圓自己生前的願望。

「哦？這孩子的想法有意思。」鍾馗繼續看著從前的一角，如何每天沿著溪流走路，試著找到回家的路。每回只要看到人間小孩落到湍流溪水裡，他就會想盡辦法，讓木頭漂流到孩子身邊，不然就是連忙鑽進附近某個大人的影子裡，急急跑來拯救孩子。

背地裡，大家都笑一角真是傻，幫助活人活下來，對自己有什麼好處呢？還不如趕緊找個替死鬼趕緊投胎來的要緊！聽見大家的訕笑，一角總是不回話，他知道，阿母會以這樣的他為榮，無論生死，他都是阿母最驕傲的孩子。

「你不急著投胎，還會幫助別人活下來？」鍾馗撫了撫鬍子。這年頭，連成年的鬼魂，都不見得能放棄投胎大好機會。

「要是知道我害人，阿母不會開心的。」一角怯怯懦懦回話。鍾馗的大眼睛始終沒有從他身上轉移。

鍾馗也看見一角是如何急著想重返人間，所以選擇潛進這個人間女孩的影子。這孩子心地善良，只是好不容易交到朋友而忘了規矩。這錯說大不大、說小不小，鍾馗想了想決定……

「咳，我的點名簿上，已經寫滿眾鬼魂的名字，沒有你的位子。不過，如果你找得到有人願意借你影子躲一躲，我倒是可以考慮、考慮，讓你繼續留在人間，直到下次鬼門開，再回來冥界點名。」一角豎起了耳朵，會有這麼好的事嗎？不用受罰，還可以繼續留在人間？

鍾馗捻捻鬍鬚，這古例已經好幾百年未再執行，難保過程不會發生意外。但是難得這孩子存有善心，三十年來，不曾興起害人之心。若是網開一面，相信地藏王也會贊同他的決定。

「我願意！我願意！」瀅瀅高舉著手搶著回應，她不介意出借自己的影子，只要不讓好朋友受苦，做什麼她都願意。一角簡直不敢相信，自己何德何能，居然可以換來整整一年在人間的假期？許久不曾哭泣的他，感覺淚水滑過了臉龐，明明是笑著的，嘴裡卻嘗到鹹鹹的滋味。

「你們可別以為留在人間是件輕鬆的事，要是膽敢心存歹念，不用等到下回鬼門開，魂魄自然灰飛煙滅！」

一角和瀅瀅緊張的點點頭，鍾馗則開出讓一角留在人間的交換條件——除了遵守冥界規矩外，還必須肩負起守護冥界和人間和平的職責。

他以一雙粗糙的大手，在一角的頸上細膩的繫了一條綁著沙漏的繩子，要是一角沒有如實遵守約定反而在人間搗亂，沙漏便會迅速流逝，一角的元氣也會立即消散。反之，如果幫助了守護冥界安寧，沙漏裡的沙子便會逐漸累積，讓他擁有更多元氣，得以繼續留在人間。

「謝謝鍾馗大人！謝謝鍾馗大人！」聽見瀅瀅和一角從後頭傳來的道謝聲。鍾馗頭也不回，擺了擺手回應，他還得趕回冥界點名呢！

不過，這兩個孩子的堅定友情，讓他想起了他的好朋友城隍爺，想當初，城隍之所以能在冥界擔任神職，也是因為當水鬼時捨不得人受苦，遲遲不願抓交替。看到年輕一代的小鬼，居然發願不傷害人類就和當年的城隍一樣，讓向來嚴肅的鍾馗難得呵呵笑了起來，手裡撂著鬍鬚，跟在鬼魂大隊大步離去。

「太好了！太好了！謝謝鍾馗大人網開一面。」一角以手背抹去淚水，他還以為這一次，真的要消失在這個世界上，雖然當初溺死在水裡死掉很可怕，但要是連魂魄都消失，那什麼願望都不值得說了。

話說回來，影子，要怎麼樣，才能藏住一個鬼呢？

離開前，鍾馗忽然想起一件非常重要的事，他大步走到瀅瀅面前，停下腳步，瞇起一雙大眼，細細端詳小女孩的面相。

「小妹妹，妳願意出借影子給這不聽話的孩子鬼，也是跟冥界之間的緣分，不過，你雖然看得見我們族類，但應該看不清楚，我說的沒錯吧？」

瀅瀅覺得好奇怪，鍾馗大人怎麼會知道，自己連一角的模樣都看不清楚呢？有好幾次，她甚至大力的揉揉眼睛，就是想要將鬼魂們看得更加仔細，但狀況還是時好時壞，只看得見灰濛濛一片。

「讓我將這水滴，抹在妳的眼皮上……妳就能完全看到我們的身影。」鍾馗從大袍的袖子中，掏出了一小罐玻璃瓶，從裡面倒出一小滴晶瑩水滴。

「妳願意接受這個挑戰嗎？」鍾馗大人問。瀅瀅心底有點害怕，轉念一想，不過是將水抹在眼皮上，有什麼好害怕？於是硬著頭皮答應了。鍾馗大人以粗糙手指捏著小小玻璃瓶，小心翼翼倒出晶瑩水滴，抹在瀅瀅的眼皮上。

「鍾馗大人？這不是……」一角緊張的飄上前去，他知道，這兩滴水可不是普通的水，是會讓人一次擁有太多快樂和悲傷的水，是悲傷死去的牛所流下的眼淚。許多鬼前輩都說過，寧可輪迴三輩子，也不要嘗遍這種苦滋味！

「孩子鬼，退下，這是你所挑中的人選，你要選擇相信她有足夠的勇氣能通過考驗，還是根本不信任她能勝任這個任務？」聽見鍾馗大人威嚴的開口，一角只好退下，但他心裡相當明白，不是每一個人，都能順利通過牛眼淚的考驗，何況還是年紀這麼小的瀅瀅呢？

瀅瀅握緊拳頭，緊閉著雙眼，安慰自己為了朋友不怕、不怕。慢慢的，她感覺到一角和鍾馗大人的聲音，好像從好遠、好遠的地方飄過來一樣，怎麼樣也聽不清楚，在一片黑暗之中，她決定不要將注意力放在耳朵，而是放在心。

「好冰。」原本抹在瀅瀅眼皮的水滴，順著兩排眼睫毛落下。瀅瀅感到奇怪，為什麼明明閉起眼睛，眼前應該要一片黑漆漆才對，她卻在黑暗之中，感受到一陣白色光芒襲來。

「不要張開眼睛，用心看著那道白光，讓光芒帶你去遠方。」聽從鍾馗大人的指示，緊閉著眼睛，同時用盡力氣，想要「看」那束光芒到底從何而來。漸漸地，她真的在光芒中，看見了那個遙遠的世界。

「哞——」不知道從哪裡傳來的牛叫聲，嚇得她不顧鍾馗大人的叮嚀，連忙睜開雙眼。

張開眼睛一看，她才發現，一角和鍾馗大人不知道什麼時候不見了，而她身邊聚集了一群壯觀牛群，大牛、小牛站在前方，大家動也不動的直盯著瀅瀅看，嘴裡咀嚼著草，牛尾巴左右輕輕搖擺。

「好可愛的小牛啊。」從沒這麼近距離看過牛的瀅瀅，渾然忘了自己原先的恐懼。

她才剛跨出一步，天空飛來一隻優雅的白色小鳥，長長的尾巴在空中點著、點著，宛如點出一枚枚音符，瀅瀅沉浸在親近動物的喜悅當中。

下一秒，周遭的一切卻唰——瞬間改變。剛剛牛兒悠悠哉哉的吃草風光，一瞬間消失得無影無蹤。眼前的草地不見了，牛兒們也不知道到哪裡去，原本的草地居然變成了人聲鼎沸的市場。

不過好奇怪，這個市場，不像媽媽帶她去的菜市場一樣賣蔬菜、水果，而是到處都是賣肉、賣鐵工具，這兒到底是哪裡？

「來，來，來！我們北港牛墟的牛最讚！只有國曆三、六、九號才舉辦，錯過這場，等於你錯過最耐操、耐用的好牛！」一個男人挽起袖子，站在人群前大聲嚷嚷，吸引眾人目光。

瀅瀅努力擠到穿越人群，想要看清楚大家到底在看什麼，這時候她才注意到，男人背後有好多頭牛，一隻隻無辜睜大著眼睛，不知道發生了什麼事情，為什麼自己會站在這裡讓人們評頭論足，在吵雜的叫賣聲中，敏銳的瀅瀅聽見老人家的小小啜泣聲。

「阿福啊，我對不起你，年輕時讓你為我犁過不知道多少甲的田地，現在家裡出了狀況，還得把你賣掉，我、我真是個壞主人……」老人在一頭黃牛的身邊輕聲傾訴、輕輕落淚。

瀅瀅這下懂了，牛墟就是要把牛賣掉的市場！

聆聽老人的懊悔告白，老牛阿福安靜眨著、眨著牠那長長的睫毛，選擇別過頭去，隨著男人的叫賣聲、粗魯的拉扯，往前站了一步，瀅瀅看見牠溼潤的大眼睛裡，滑下兩行淚水。

這時候，老人想要再對著親愛的老牛說些什麼話，卻一句話也說不出口，也來不及說。

已經有人開價了，站在阿福身邊，宛如還是牠的主人，這樣是不對的。老人嘆了好長、好長的一口氣，脫下了斗笠，向阿福點頭，輕聲說聲「對不起」，忍著悲傷，頭也不回的轉身走了。老牛見狀，這時才提起腳步，想要追隨老主人的腳步離去，卻被叫賣的男人狠狠的拉了一把。

「笨牛！被人賣了還不知道？你現在是我的了。」男人大力拉扯著老牛，轉過身後，用張笑臉招呼買家。

悲傷的離別，讓老牛痛苦的朝天發出了一聲長哞，老人回頭了嗎？瀅瀅想要看的清楚些，眼前卻再次跌入一片黑暗，就像房間裡忽然被關掉的電燈一樣，什麼也看不見。

「為什麼要把牠賣掉？為什麼？」一角蹲在瀅瀅身邊，皺緊了眉頭。因為瀅瀅的魂魄雖然回到了現實，但她臉上的痛苦表情，表示了她的意識停留在遙遠的過去，老牛那聲長哞依舊傳進她的耳裡，無論她多用力的摀著耳朵，還是沒有用。

「剛剛那滴水，就是那頭老牛的眼淚，我們冥界有個傳說，牛一輩子為人類忠心耿耿的工作和人類之間有著深刻的感情，當牠知道自己被出賣時，會和人一樣，悲傷的掉眼淚。這時候，我們冥界就會派出使者，負責

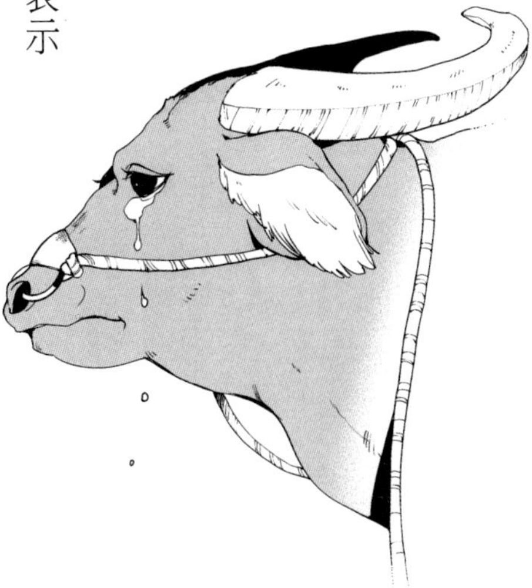

蒐集珍貴的牛淚水，那滴淚水之所以珍貴，是因為有牠這輩子所有的快樂和悲傷的回憶。」

瀅瀅聽完一角的解釋，覺得耳朵聽到了，但心裡還不知道發生了什麼事，只能一個人小聲哭泣。

「沒錯，只有這樣的情感，才能突破神界、人界和冥界，這三界限制。讓就算沒有陰陽眼的普通人，也能看到每一位神、每一個鬼。孩子鬼，沒想到你小小年紀，居然懂得這麼多？不錯、不錯。」

難得聽到讚美的一角，害臊地搔搔頭「這些事，都是我到了冥界後，從大哥哥、大姊姊們那聽來的，不然一個人孤零零的，不交朋友、不聽故事，實在太鬱卒了。」

當一角還沉浸在被讚美的喜悅中，在一旁的瀅瀅，用力的吸氣、吐氣，原本一顆難過、揪緊的心，終於逐漸舒緩下來，這是爸爸教她改變心情的好方法。當她睜開雙眼時，一角的耳朵、鼻子、眼睛，忽然間變得好清晰、好清楚喔！有如清晨第一道光芒，溫柔的打在他的臉上，照亮了他原本灰白、模糊的臉龐，現在的他，全身閃著柔和的銀白色光芒，五官清晰而明朗。

「一角，我看的見你，也看得見大家了！」她看到鍾馗大人身上穿的紅袍是多麼鮮豔，路上還有許許多多的鬼，正在排隊等待回冥界點名。

「好了，這一耽擱，不知道得浪費多少時辰，孩子鬼，可別忘了我交代的任務，要是被我發現，你在人間搗蛋作亂，我可不會留情。來去！」鍾馗走在鬼魂隊伍後頭，低沉而有力喊了一聲。鬼魂們聽到命令，無不排隊整齊，繼續往前邁進。

狗王的眼淚

「老天爺對我真是太好了，我居然整整比其他鬼多了一年假期，太好了！」一角沿路上蹦蹦跳跳、鬼吼鬼叫，讓瀅瀅也感染這份好心情，嘴角的微笑從沒停止過。不過兩人的好心情，可沒維持太久的時間，瀅瀅看著門前站著兩個魁武的陌生人，四隻眼睛睜得又大又圓。

「他們是誰啊？怎麼站在我家門口？」

「吼，妳別跟我說連門神是誰，都不知道哦！」一角沒好氣的嘆了一口氣，雖然他知道時代在改變，小孩子漸漸不懂習俗，但是大名鼎鼎的門神，總該知道是誰吧？

「我、我當然知道一個是尉遲恭將軍，另一個是秦叔寶將軍，前陣子鄉土課，老師剛說過他們的故事。」瀅瀅回想起老師曾說過，兩位唐代大名鼎鼎的威武大將軍，為了保護唐太宗的平安，成功趕跑了想要報仇的龍王爺。現在的她，身邊帶了一個鬼男孩回家，門神是不是也會趕跑自己，讓自己有家歸不得呢？

「哈哈哈，妳是我們家的孩子，我們怎麼會趕走妳呢？」聽見瀅瀅的內心話，遠遠的，尉遲恭將軍向他們倆揮了揮手，看到門神大人臉上和藹的笑容，這下子，瀅瀅總算放下心，不用擔心自己被趕走了。

「門神伯伯好，這是我的朋友一角，雖然他是鬼，但卻是一個好鬼，從今天起，他要借住我們家一年，還希望門神大人能夠保佑我們達成鍾馗大人說的任務，維護冥界和人間的和平。」雖然瀅瀅很想要讓門神知道一角不是壞鬼，但看著兩位將軍大人眼珠睜得越大，緊張的她越說越小聲。

「門神大人您們好，我是水鬼一角，鍾馗大人特別允許我，這一年借住在瀅瀅的影子裡，為冥界和人間的和平努力。」一邊解釋，一角的嘴脣一邊微微發顫，雖然這些年來，他獨自到處流浪，見識過許多門神，不過這還是他第一次要借住人間小孩家，過去所遵守的規矩全不管用。

「哦？鍾馗？」兩位門神看了看彼此，秦叔寶彎下腰來，檢視掛在一角胸前掛的沙漏，上頭的確有冥界的印記，看來這鬼男孩果真通過鍾馗的允許，才能在鬼門關後還在街上大方遊蕩。

「看來你的確沒有說謊，不過要是你敢在我們家亂來，我們兄弟倆非得把你押到鍾馗面前，知道嗎？」一邊威嚴的訓話，兩位門神一邊伸手檢查一角的口袋，確定一角沒有攜帶危險物品才放行。

「呵呵呵，唉唷，門神大人別搔我癢啦！我真的不是壞鬼，保證不會搗蛋啦！」一角全身上下癢得不得了。

「這可不行，早在先前，我們兄弟倆，早就感覺到你的存在，當時念在你有緣和我們家的小主人相遇，所以我們睜一隻眼閉一隻眼，沒有把你攆出家門。這一次，你可是要在我們家待上一年時間，怎麼可以沒有好好檢查就放行？小鬼，記住，即使有了鍾馗的通行允許，你在這個家還是不得放肆。」

「我發誓，絕對不會為這個家帶來困擾！瀅瀅就跟我的小妹妹一樣，我不會讓她受到任何傷害，我也會努力達成鍾馗大人的任務。」兩個門神挑眉看著彼此，這還是他們第一次聽到，有鬼膽敢打包票保護人間孩子的平安。

「進去吧，天就快亮了，有什麼想法，等睡飽覺再說也不遲。」尉遲恭揮了揮手，要小主人趕緊上床睡覺。通過了兩位門神這一關，瀅瀅覺得整個世界都不一樣了！過去她從來沒想過，自己身邊居然存在著這麼多鬼、神，為什麼以前都沒有大人跟她說過祂們的存在呢？

「我也不知道為什麼妳什麼事都不知道，這樣要是哪天妳和我一樣，不小心死掉，那怎麼辦？呸呸呸，我幹麼說這不吉利的話？放心好了，今年有我在，我保證妳天天平安！」一角要瀅瀅趕緊入眠。他等不及明天的來臨，他要抓緊每分每秒找到自己的阿爸、阿母。

自從瀅瀅看得見鬼的消息傳開，這個社區的鬼魂，開始頑皮對她眨眨眼，路上也有些熱情的鬼向她大力揮揮手。還有一位彬彬有禮，穿著筆挺西裝的老先生，對著瀅瀅脫帽敬禮。

更多的鬼魂們並不在乎人間小女孩是否能看見自己，只管自顧自地飄浮在半空中，誰也不瞧上一眼。每隻鬼，都有自己生前的遺願要達成。

「一角，我問你，人死後一定要當鬼嗎？這樣——鬼不會多到爆嗎？」

「照理說，每個人死後都會變成鬼魂，只不過有些鬼不用回來人間；有些鬼沒有資格回到人間。」

「難道不能想回來就回來嗎？」

「哎呀，那怎麼行？如果每個鬼都回到人間來，大家都不去投胎，那就沒有小孩出生啦。想要回到人間要有門票才行，我們這些鬼啊，心裡頭都藏著很重要的願望沒有實現。就是這股信念，讓我們打敗其他鬼魂，拿到回到人間的門票。」說完，一角帥氣的揉了揉鼻頭，不過他也不禁的想，怎麼大家都沒有好好把握生前時光，死後才在那為了完成遺願而拚死拚活？

瀅瀅聽了似懂非懂的點點頭，看來關於冥界，自己還有很多需要向一角學習的地方。不過，這些日子最不習慣的反而是一角，原本是鬼魂的他，在冥界自由自在慣了，怎麼能夠習慣在大白天裡，隨時都得待在瀅瀅的影子裡，哪裡都去不了？

不過規定歸規定，一角有時候，也會趁著瀅瀅不注意的時候，偷偷跨越那條線，介入人間的生活！比如當瀅瀅生氣向媽媽頂嘴的時候，一角會偷偷用兩隻手指頭，將她的嘴角悄悄往上提，變成一臉笑咪咪的樣子，只要看見瀅瀅的笑臉，媽媽連想好好生氣都不行。

「欸？你怎麼知道只要我一笑，我媽媽就不會生氣啊？」一角聽了只是笑笑，一句話也不說。獨自飄呀飄到屋頂上去，他也有媽媽，當然知道媽媽捨不得孩子難過啊，但是調皮的他可不能保證，如果能讓他再活一次，就不會再惹阿母生氣咧。

這天晚上，一角一個人坐在屋頂上，望著脖子上的沙漏項鍊。每次當他興起想要偷偷離開瀅瀅時，就會看見沙子一點一點往下漏，只有當他打消離開念頭，沙粒才會停止掉落。看見鍾馗大人神奇法寶的威力，一角漸漸接受了當這個家「看不見的孩子」。

夜晚，是一角最開心的時候，鍾馗大人允許他，可以在夜晚保持身為鬼魂的自由，來去自如，當他在家到處走動時，門神大人也會睜一隻眼、閉一隻眼，將他視為自己家的孩子守護。

每天晚上他總是飛離瀅瀅家，飛過大街小巷，直到破曉時分才拖著沉重的腳步，咻——的縱身藏在瀅瀅影子裡頭。這天晚上外頭傳來陣陣令人心驚膽戰、直打哆嗦的吹狗螺聲音，讓膽小的瀅瀅央求一角留下來陪她。

「嗷——嗷——嗷——」外頭的狗叫聲，聽得瀅瀅害怕縮在棉被裡直打哆嗦，阿媽曾壓低聲音對她說過：「狗在吹狗螺，就是表示牠們看到不該看的鬼，這時候千萬不能走到大街上，以免被鬼拖走。」雖然這些日子以來，和一角相處起來很愉快，但總不能打包票，天底下所有的鬼，都很善良吧？一想到，外面可能有可怕的厲鬼正在到處找不聽話的孩子，瀅瀅就把摀著耳朵的手，壓得更緊、更密些。

待在房間的一角狐疑的空中翻了跟頭，照理說，如果狗兒們真的是看到鬼的話，憑他待在這裡一段時間了，如果這附近出了什麼大事情，鬼兄弟們應該會第一時間跟他說才對啊。

一角越想越不對勁，鍾馗大人曾說過，他得負責扛起守護人間和冥界的安全，如果這方圓百里內出了什麼亂子，這筆帳鐵定會算在他頭上，一角越想越放不下心，想拉起瀅瀅一起到外頭一探究竟。

「走！我們去參加狗聚會，看看到底發生什麼事。」跟在一角身後的瀅瀅哭喪著臉，驚訝的看見街上的狗兒與狗魂們成群結伴。在月光底下，每隻狗兒發出朦朧朧的銀色光芒，大家沒有注意到，身邊什麼時候出現了鬼男孩和人間女孩，只是專心豎耳聆聽，眼睛全望向同一個方向。

「牠們在做什麼啊？」看見一角時而點點頭，時而驚訝的張大了嘴，對聽不懂狗語的瀅瀅來說，待在這裡每一秒都是折磨。

「噓，聽說狗王回來了。」一角腦中飛快整理剛剛所聽見的情報，原來是久違的狗王魂魄回到人間。

狗王，群狗的靈魂之首。平時沒有狗王領導，人間的狗兒與狗魂們倒也相安無事，但是每當狗王返回人間，大家都知道，將有什麼大事情要發生了。狗王靈魂選擇回到人間，多半懷有巨大的愛或恨意，才會回來向大家宣布事情。前者能夠幫助街上狗兒，找到既能在街上安頓的技巧，也能跟人類保持友善距離，如果是後者，那可就麻煩了。

「欸，妳聽過這句話嗎？『死貓吊樹頭，死狗放水流』？」瀅瀅大力點頭，她當然聽過！每次回阿公家，經過村子裡那一排又長又可怕的木麻黃樹，聞到那空氣裡飄來難聞的氣味，看見那一袋袋塑膠袋掛在樹上。瀅瀅就知道，又有大人開車撞死無辜的貓咪。

「我聽這些狗兒們說，狗王正是不滿人類的作為，才會回到人間來。他說憑什麼，貓族、狗族死後，還要受到這種對待？如果是妳，妳也不願意身體被掛在樹上、被河水給流走吧？這麼多年來，人們粗魯的對待動物，不管牠們的死活，現在狗族正打算給人們一個教訓，發動一場史上無敵大攻擊。」一角不安的翻譯剛剛從狗兒們口中聽來的消息。

「但是不是所有人都對狗兒不好呀，狗王要展開攻擊未免對人類太不公平了！」

「是誰偷聽我們說話？」一隻狗兒的耳朵敏銳豎起，瀅瀅感覺得出來，狗兒們正集體發出不友善的訊息，想要揪出到底是誰正在偷聽狗族重要的聚會。原本站在隊伍前頭的狗王，發出了令人心驚膽戰的低吼，步步向一角與瀅瀅逼近。

「不是所有的人類都對動物那麼壞，我知道有很多人都對動物很好，求求你們不要對人類發動戰爭好不好？」瀅瀅雖然聽不懂狗兒們說的話，但是她聽得懂狗王聲音裡的怒意，也相信牠同樣聽得懂自己的請求。只是瀅瀅不明白，怎麼狗王會恨人類恨得如此深？

「別說了，趁狗王還沒發威，我們趕快走吧。」一角拉著瀅瀅衣角，這麼多年來，冥界什麼大風大浪他沒見過。大家都知道，比起人跟人，動物和人類之間，有更多複雜情感，這不是一時半刻能夠理得清楚，何況瀅瀅不過是人間的小女孩，怎麼和力量強大的狗王溝通，甚至談判呢？

不讓兩人離開，狗王一躍而下，昂首站在兩人面前，擋去兩人的去路。牠那一身比夜還要漆黑的毛髮，在月光之下流洩出漂亮的夜色。

「這樣就想走？我就讓妳見識、見識，妳口中的『人類』如何對我，我是怎麼離開這個世界上。」狗王轉過身，向兩人現出被捕獸夾鉗住的左後腿，銀色的血液，不斷從傷口湧出，仔細一看還能見到骨頭，就連向來大膽的一角也忍不住嘔了一聲。

「怎麼會這樣？死後，不是能回到生前最好的狀況嗎？你怎麼還留著傷口？」空氣中瀰漫著濃濃的血腥味，讓一角捏著鼻子問。

「是我自己選擇不要消失的，我不要忘記人類曾經這麼狠心，那麼希望我死去，當我在痛苦深淵時，他們人在哪裡？當我發出最絕望的哀嚎時，他們的心是否有一絲絲愧疚？」當狗王每逼近他們一步，捕獸夾便發出清脆聲音。那聲音聽在瀅瀅耳朵裡，感到好疼、好疼啊，怎麼會有人這麼狠心，對動物下這樣的毒手。

「你們人類自私的認為，群山、原野裡只能有人們存活，於是任意放置捕獸夾，只為了捕捉會破壞作物的山豬野獸，但他們從來沒有想過自己傷害多少動物，不僅搶走原本就屬於大家的食物，吃點食物又怎麼樣？難道要我們喝雨水活下去？」

狗王一字一句、咬牙切齒的說出，牠不願投胎，選擇從冥界返回人間的原因。過去有好幾次，牠搶在捕狗大隊來襲前，吹起令人心驚膽戰的狗螺聲，為的就是提醒族人趕快逃，牠也在山林間巡視，趕在自私的人類放下捕獸夾前現身，以免陷阱傷害到動物們。

「曾經……我也願意相信人類。」狗王垂下的兩隻耳朵，宛如沒有了生氣。這時候瀅瀅聽到微風吹過樹葉的聲音，仔細聽才發現那是狗王輕輕的嘆息聲，月光底下有兩顆心在學習互相傾聽。

「我有辦法了，現在我知道，人類曾犯下的錯誤讓許多動物死去，我們願意做出改變拯救動物，也希望你不要傷害人類，好嗎？」瀅瀅聽見自己緊張的吞了一口好大的口水，她在說些什麼啊？可是，她的心又不斷告訴她，得做點什麼才行，但……到底要做些「什麼」才對呢？

「哼，就憑妳？妳說的話有幾個人願意聽？你們人類有句話叫『狗眼看人低』，你們人類才是人眼看狗低。」狗王不屑的吐出長長的氣，就憑一個人類小女孩，牠才不信？這回牠返回人間，就是想讓狗族、貓族一起攜手合作，讓人類見識到動物反撲的厲害。

偶爾，狗王心中仍會浮起往日美好的回憶，回憶就像一條香香軟軟的毯子，將牠溫暖包圍。牠知道，這個世界，還是有許多人類疼惜族人如同自己的家人般，只是要怎麼解釋惡人的存在？人類難道不用為自己犯的過錯受到懲罰？這些問題始終在牠心中縈繞不去。

「給我一個月的時間。這一個月，我一定會想出辦法，讓大人們知道傷害動物是不對的行為。」一角懊悔自己來不及用雙手摀住瀅瀅嘴巴。他忘了和瀅瀅交代和鬼魂打交道，最忌諱的就是說出不可能達成的諾言。大家都是生前抱有遺憾，才會變成鬼魂，要是死後再失望一次，不知道會做出什麼瘋狂的舉動。

狗王頭也不回的快步離去，牠哪裡不知道眼前小女孩的真心只是……牠聽過太多人類輕易許下的諾言，說到底，又有幾個人能達成？

「寶貝我會永遠、永遠愛你，你要健健康康，我們要一起幸福變老喔！」女主人生前每一句不離不棄的祝福，那時候聽在耳裡，任誰都要全心全意相信，都要拚命用生命守護最愛的主人，狗王真的曾經這樣無悔相信。

想起曾經聽到的諾言，狗王再一次感到痛心，眼前這個小女孩哪裡知道，人類只要隨便一次舉動，就能捕捉上百隻動物；她哪裡知道，這個世界就是如此殘忍、不公平，不將動物的生命當生命看待？

「別開玩笑了，別說一個月，就算給妳整整一年，妳也阻止不了這一次的大戰。再說這又不是妳的錯，套一句我阿媽說的話，妳手無縛雞之力，連一隻雞都不敢殺，怎麼有能力阻止大戰？」

回家沿途路上，一角的魂魄載浮載沉，飄浮在瀅瀅左右，時而見他猛然飛起，下一秒卻又沉沉的落地，自暴自棄的說：「不行……這樣根本行不通，誰都知道，冥界的承諾不能反悔，說謊更是罪加一等。」他一顆頭都快變兩顆大，怎麼瀅瀅看起來還是一點也不擔心？莫非這個小妹妹真的有他不知道的天大本領？

瀅瀅握緊拳頭，心中只有一個念頭，她絕對不能讓這種事情發生！狗是人類最好的朋友，這是大家都知道的事情啊，怎麼有人想殺死狗？快點想想，一定有什麼事是她可以做的。

「有了，狗王不是說我們人類見死不救，如果我願意『見死有救』，是不是就能讓牠回心轉意？啊，我知道哪裡有貓族需要被拯救！」這個晚上，瀅瀅的臉上第一次出現笑容。

「妳要去哪裡救貓啊？」

「去我阿公家啊，有好多無辜的動物困在『那裡』，如果我去解救牠們，狗王一定會知道我的誠意。」聽見瀅瀅的回答，一角心中還是有滿滿的疑問，「那裡」究竟是哪裡？他行走冥界、人界兩界多年，全臺灣還有他不知道的角落嗎？

解貓屍的小女孩

「怎麼突然想回阿公家？要不要過幾天媽媽帶妳回去？妳一個人回去我不放心。」

「我才不是一個人！我還有——唉唷，媽媽你別擔心啦，我會自己搭公車，阿媽也說會來接我啊，妳不是希望我早點長大嗎？拜託讓我去啦。」呼，聽到瀅瀅差點脫口而出身邊有鬼的陪伴，讓一角嚇一跳。多虧他用力牽動影子，摀住瀅瀅的嘴巴。要是讓媽媽知道家裡還有個鬼孩子存在，不暈過去才怪。

「好吧，媽媽先說，可別給阿媽添麻煩，阿媽平時照顧阿公已經很辛

苦了，要乖乖聽阿媽的話知道嗎？」媽媽話都還沒說完，門就碰的一聲關上了。瀅瀅哪等得及把話聽完？早就匆匆忙忙收行李去了，威猛的狗王可是不等人的！

在公車上，瀅瀅望著窗外熟悉又陌生的風景，小圓聽話的待在腳邊，偶爾還會用溼潤的鼻子，嗅嗅小主人奇怪的影子，惹得一角渾身發癢。

「唉唷，叫妳的狗不要亂聞啦，很沒禮貌耶。」瀅瀅開心的摸了摸小圓的頭，試著轉移牠的注意力，不再用鼻子搔一角癢。

「沒有禮貌的人是你，牠的名字叫小圓，從小和我一起長大，我真的不明白，為什麼狗王那麼恨人類……對我來說，小圓就像我的妹妹一樣，我們怎麼會恨家人呢？。」瀅瀅望著小圓清澈的棕色眼睛，那裡沒有答案，但有著對人滿滿的信任。

一到站，看見阿媽和藹的笑容，她手裡的傘沒有打開，當作枴杖，就站在離站牌不遠的大榕樹下。小圓一邊朝著阿媽奔去一邊開心吠叫。午後的陽光穿過樹葉的縫隙，光點隨著風的吹動，在地上成了追逐的星星。一角從瀅瀅腳尖傳來的情緒可以感覺得到，現在的她，開心的連影子都想要飛揚。

阿媽緊緊牽著瀅瀅的小手，歡喜的聽孫女嘰嘰喳喳分享家裡大小事，不過阿媽不是很明白寶貝孫女到底想做什麼。

「妳說妳想要做當解貓屍的人？想讓死去的貓咪，再也不用被吊在樹上？妳又不是清潔隊的人，幹麼沒事找事做，再說我的乖孫女，這需要很大的勇氣，做這件事，大家都會對妳指指點點，妳知道嗎？」阿媽溫柔撫著孫女的頭髮，希望能夠打消她瘋狂的念頭。

「我知道。可是，阿媽，做錯事的明明就是那些亂開車，撞死貓咪、狗狗的大人，貓咪只是過馬路又沒有做錯事，為什麼要把牠們的屍體掛在樹上，而不是懲罰做錯事的大人呢？狗狗也是，死後將牠們放水流，會害牠們離自己的家好遠，遠到讓牠們的靈魂找不到回家的路耶！」

孫女說的頭頭是道。這下子，換阿媽偏著頭想，時代真的不一樣了，原來「死貓吊樹頭，死狗放水流」在乖孫的眼裡，這是在懲罰貓、狗？活了這麼多年，她從沒想過這個問題。

「阿媽知道了，但是瀅瀅啊，妳要有心理準備，裝貓屍的袋子又髒又臭而且到處都有，就算阿媽願意幫妳解下一個袋子，我們也只能做多少、算多少，妳知道嗎？」瀅瀅大力點頭，她當然知道，這不是簡單的工作，可是想要讓狗王息怒，又怎麼能是簡單的工作能達成的呢？

正當瀅瀅與阿媽討論該如何進行不簡單的任務時，待在影子裡的一角，盯著坐在一旁的阿公，他雙眼無神的望著前方，彷彿沒看到孫女的到來，有時揮舞著雙手，有時張著嘴巴說話卻沒有出聲，好像忘了怎麼找到最適合的字。望著阿公迷濛的雙眼，一角忍不住走上前去，影子牽動了瀅瀅的步伐，這時，瀅瀅才警覺自己還沒跟阿公打招呼呢！

「阿公，我是瀅瀅，您最近好嗎？」瀅瀅伸出手指頭，小心的摸著阿公皺皺涼涼的手背，阿媽溫柔的摟了摟丈夫的肩。

「孫女回來看你，開心嗎？」

「妳是誰？」

在簡單整理好東西後，阿媽和瀅瀅兩人牽著腳踏車，朝村子裡的木麻黃樹林走去，沿路上，瀅瀅難過的低頭安靜不語，阿媽看穿她的心事，刻意將原本就緩慢的腳步放得更慢。

「瀅瀅，你阿公現在是老人身、孩子心。他說的話，不要放在心上。失智症雖然讓他忘了許多事，有時就連我也認不得。可是他到現在，常常把糖果藏在口袋，說要拿給乖孫女吃喔。雖然他不記得我們是誰，可是他的心啊，一天也沒忘過我們。」

「喔……」透過影子，一角細膩的察覺瀅瀅的心情，就像是鞦韆般低低擺盪。

「我們到了。」阿媽打破長長的沉默，木麻黃依舊還是記憶中的陰森嚇人，空氣中飄來陣陣的屍臭味，瀅瀅打了個冷顫，祖孫倆人兩枚口罩、四隻手套、一只大布袋，走進綁著貓屍袋的樹林。

瀅瀅細心檢查木麻黃的枝椏，看看枝椏上頭有沒有綁著裝著無辜貓咪屍體的袋子。

「這裡！」一角憑著多年當鬼的經驗，不一會工夫，就找到了被囚禁在塑膠袋裡的貓魂。

「阿媽都不知道，原來我的孫女的膽子這麼大？連裝有貓屍的袋子也敢碰？」阿媽從樹上吃力的解下貓屍袋，放進瀅瀅撐開的布袋。那刺鼻的氣味，戴再多口罩也擋不住。

是啊，就連瀅瀅自己也不知道，小小的村子裡，居然有這麼多無辜被撞死的貓咪，好多人類對動物毫不在乎，難怪狗王會這麼生氣……。

每當阿媽解下一個塑膠袋，瀅瀅那雙抹過牛眼淚的眼睛，就會看見腳邊又多了一隻貓咪鬼魂在她腳邊，乖巧的磨蹭打轉。

「嘿！妳看！牠們在跟妳說謝謝呢！」一角輕輕的說，但每次當瀅瀅想彎腰摸摸貓咪時，牠們馬上一溜煙輕巧消失在草叢堆裡。只有解下貓屍的木麻黃輕輕搖晃，好像在向瀅瀅和阿媽說聲謝謝。

「生活這麼多年來，我還不知道，這條路上死了這麼多貓，真是可憐、冤枉喔。」沿著來時路返家，阿媽那臺老腳踏車，承受不住裝有貓屍的麻布袋重量，重重傾斜了一邊。

回到自家田裡，阿媽嘴裡不斷默念著阿彌陀佛、阿彌陀佛，祝福死去的貓咪早日投胎成佛，一手扶著腰，辛苦用鋤頭掘著貓咪們的墓，將貓屍好好放進洞窟裡。瀅瀅蹲在一旁，用小鏟子將土覆蓋在屍體上，摘了一把美麗的野花，放在貓屍的小墓上。

遠方的夕陽將阿媽的影子拉的好長，蹲在田埂上的瀅瀅心想，樹上的貓咪每天都是這麼寂寞的看著太陽下山嗎？她有些懂了，為什麼狗王會對人類這麼憤怒、悲傷。放水流走的，都是牠的狗族人；吊在樹上的，都是一隻隻被撞死的貓咪朋友。為什麼犯錯的人類，卻一點懲罰也沒有呢？這個問題，就連死過一次的一角也無法回答。老天爺不講究大家的壽命長度一不一樣，只有死亡，公平的帶走了每一個想要活下去的生命。只是不知道狗王能不能接受瀅瀅的一片好心呢？

「狗王，難道你真的要一個人類小女孩，解決我們貓、狗兩族與人類之間的紛爭？」就在瀅瀅與阿媽辛苦埋下五隻貓咪的同時，小圓居然趁著他們不注意，掙脫項圈直奔狗王的所在，怯懦的站在剽悍狗王身後為瀅瀅求情。

牠從小在街頭出生，要不是遇上好心的瀅瀅一家人，將牠視為家人般照顧，就沒有今天的牠，向人類發動戰爭？牠從來沒有動過這個念頭。

這次狗王從冥界回來和傳說中的一樣，牠的警告的確保佑了許多族人的平安，但大夥也對他口中即將到來的戰爭，心裡感到相當不安。如今在街上生活都已經那麼困難了，要是被人類發現，過去他們眼中「忠誠的朋友」，再也不想繼續忠誠下去，甚至還想發動戰爭。原本討厭狗的人類，不會更加趕盡殺絕嗎？這是一場拿族人的命當賭注的戰爭啊！

身為一族之王，狗王當然知道戰爭的可怕。但如果能改變人類可笑的心，這樣就不枉費牠千辛萬苦，從冥界拖著受傷的腿回來，狗王凝視著小女孩出發的方向，這時候，牠一雙靈敏耳朵，跟著風輕輕轉動。

在木麻黃樹林裡拆屍袋、田裡掘墳墓忙了一整天的阿媽，實在累壞了，索性晚飯也不煮，一個人躺在庭院的搖椅，打起盹來，這時神情恍惚的阿公，正目不轉睛的盯著瀅瀅看，看到阿公難得精神好，瀅瀅開心的坐在他身邊，想和阿公聊聊天。

「阿公，這個暑假我認識了新朋友，一角很特別，他是一個水鬼喔。」聽到這，一角氣壞了！瀅瀅怎麼可以跟大人說出這個祕密！

「我也有新朋友啊，那就是妳啊。」阿公兩隻眼睛笑得彎彎，長長的白色眉毛往兩邊垂下，好看極了。一角馬上明白，為什麼瀅瀅不害怕將自己介紹給阿公認識，現在的阿公，記憶就像飛不快的蝴蝶，慢慢飛，慢慢忘。

「阿公，我問你喔，到底要怎麼樣做，才能讓別人原諒自己啊？我有一個朋友好生我的氣，我卻不知道怎麼做才能讓牠氣消。」

「妳想要別人原諒妳，自己要先原諒自己啊。」這一瞬間，阿公兩眼清明，帶著笑容撫著膝蓋，這一瞬間，阿公，彷彿又回到以前的阿公。

「妳是誰？」阿公迷惘的眼神，讓瀅瀅失去來到嘴角的笑容。

「她是誰？她是你的乖孫女啦！」阿媽在半夢半醒之間，擺了擺手，要孫女別在意。瀅瀅當然不會對生病的阿公在意。只是阿公的精神，時好時壞，壞的時間占絕大多數，讓她看了好心疼。

但當他精神明朗的時候，臉上總是掛著淺淺的笑容，總記得非常小的事情，就連瀅瀅小時候騎的小木馬長什麼樣子，他都記得一清二楚，因為那是他為孫女製作的玩具，她最喜歡阿公的回憶裡還有自己。

「瀅瀅，阿媽不知道，這一次妳是為了什麼回來，為什麼要埋貓屍。可是阿媽很高興，妳看到阿公現在的樣子，還是對待他和過去一樣。乖孫女，妳要記得，愛，是無論對方是好、是壞，都要完全的接受，知道嗎？」說完這些話，阿媽的臉上，難得有兩片紅彩浮上臉頰。

瀅瀅假裝自己聽懂了，乖巧的點點頭。阿公要她要先原諒自己；阿媽告訴她，愛一個人要接受他的全部。兩個人說的話都很有道哩，但是她卻不知道，愛，要怎麼做，才能讓另外一個人感覺的到？

如果愛，和阿媽說的一樣，無論好、壞都要學習接受。那麼狗王的主人，如果依舊愛牠，願意跟狗王和好，說不定狗王就會願意原諒人類，接受人類也有犯錯的時候。瀅瀅忽然想起，她好像曾經在狗王的脖子上看見項圈和狗牌。這表示——牠過去有人飼養！上頭說不定還有狗王主人的電話、地址呢，自己真笨，怎麼現在才想到呢？

「一角，如果我們幫狗王找回生前的主人，說不定他能幫我們勸勸狗王回頭呢。」

「別傻了，我會待在人間就是因為怎麼找都找不到我阿爸、阿母，茫茫人海中，我們要怎麼找到他們？」聽了這個計畫，一角想也不想，搖搖頭反對。

「這不一樣，你是因為爸爸、媽媽搬家，忘了告訴你新家地址，才會找不到他們。要是狗王牠根本連把話說清楚的勇氣都沒有呢？這樣他們永遠都不知道對方在想什麼，狗王怎麼可能原諒人類呢？」

「阿媽，我要回家！」

「什麼？妳要走了？阿媽正在煮妳最愛呷的菜，妳不待一個晚上再走？」阿媽急急放下手邊的鍋鏟，不可思議的看著眼前乖巧的孫女，怎麼說走就走？

「阿媽，對不起啦，那我吃完晚餐再走！因為妳和阿公說的話，讓我忽然想到一個跟朋友道歉的好方法。」瀅瀅看著牆上的掛鐘，她算算時間，吃完晚餐，坐最後一班車回家還得及！現在的她，滿心只想讓狗王了解，愛，是全然接受一個人的好、壞，如果牠的主人還記得牠、還愛牠，說不定，就能化解他和狗王之間的誤解。只是，這時候的她才發現，咦？小圓呢？牠怎麼沒有乖乖在院子裡陪著阿公、等她回來？

「妳別擔心，小圓牠呀，比我們先早一步去找狗王了。」將一切看在眼底的一角，飄浮在空中說著，看來小圓和瀅瀅說的一樣既勇敢又愛護家人。

下了公車後，只見狗王威風凜凜站在站牌下，等待兩人的歸來，小圓夾緊尾巴戰戰兢兢的在牠身旁。

「妳帶了什麼回來嗎？」狗王於瀅瀅身邊來回踱步。

「她什麼也沒帶，只是去幫忙埋葬貓族人的屍體。我做鬼這麼多年來，從來沒看過哪一個孩子這麼勇敢，竟然敢出手解貓屍為貓族人下葬。」狗王仔細嗅聞瀅瀅，她身上果然有股貓族人的味道。

趁著狗王接近身邊，瀅瀅勇敢的用顫抖的手，迅速翻開狗王脖上的項圈！上頭果然有人類的字跡和電話號碼。狗王被這出其不意的舉動驚嚇，發出低沉的警告聲。

「你別傷害她！我說，你和我都是鬼，我們願意通過層層難關，回到人間來，為的不就是希望圓生前的願望，別讓自己死得不明不白？像你這樣子，只會在路邊隨便抓一個人類小孩出氣，我看你才不是什麼狗王，不過是隻膽小狗。」小圓也跟著一角的斥罵，仰頭敖嗚。

「我知道他們住在哪裡。」狗王別過臉，算是回應一角說的話。

「難道你都不會想念他們，想找他們嗎？」

「想他們？在我死後沒多久，主人就養了一隻小狗作伴，我想他們做什麼？當初我死的不明不白，他們卻讓犯人逃之夭夭，讓犯人還有機會繼續在人間作惡，這種主人，從沒遇過也罷。」

「哼，你口口聲聲說為了狗族、貓族人著想，卻連最基本的溝通都辦不到。要是真的發動戰爭，大家死傷慘重，你犯下的錯誤，跟當初傷害你的人類相比，又高尚到哪裡去？」一角納悶極了，身為一個在外頭漂泊、流浪的鬼魂，他就是沒有辦法想像，天底下怎麼有鬼魂不想回家？

「我和阿媽把被車撞死的可憐貓咪們，葬在土裡後，我看見好多貓族人的靈魂都跟我說聲謝謝。我想……牠們生前和你一樣，一定很恨人類奪走了寶貴的性命。幫牠們埋葬屍體，這是我能想到彌補大人犯下的錯，我願意為大人犯的錯負責任，可不可以也請你勇敢的回家一趟，為了你的族人著想，不要輕易發動戰爭？」

狗王低頭思索，這個提議勾起牠的傷心回憶。牠不是沒有試著回家看看主人，只是沒有想到，牠的靈魂好不容易找到回家的路。家裡居然養了隻尚未開眼的小狗！就像要取代牠的位置一樣，躺在自己的被窩裡。牠還以為爸爸、媽媽，跟牠一樣思念著彼此呢……。

最令人噓不下一口氣的是，當狗王想盡辦法，引導他們發現了自己的屍體時，主人居然不去調查放捕獸夾的人是誰，反而心裡只想著如何照顧幼小的小狗！

種種的原因加在一起，使得死後的牠更加傷心欲絕。原本死後輕盈的靈魂，因為心裡頭不斷滋生的恨意，一天天的加重。甚至，為了懲罰自己永遠記住主人的無情，狗王甚至讓傷牠的捕獸夾與傷口回到腿上，讓靈魂再也輕盈不起來。

從此以後，無論走到哪裡，狗王走路時，腿上的捕獸夾總發出駭人的聲音，那是牠不甘願投胎、不甘願原諒人類的象徵。聽到這裡，瀅瀅和一角兩個孩子低下頭安靜不語，他們怎麼樣也無法想像，自己被人取代的心情。

「說不定……那隻小狗只是湊巧有緣到你們家生活，你會不會誤會了什麼？」

「就是說啊，我阿母常說，人跟人會產生誤會，就是不願意把話講開。你好歹也要跟主人表達你的不滿，才不會死得不明不白。」

「好吧，看在你們幫忙埋葬貓族人的分上，我就回家一趟。不過，先說好，你們得跟我去才行。」兩人大力點頭，事到如今，無論做什麼事，只要有機會讓狗王回心轉意，就是最好的方法！

再見！旺來

為了確保小圓的安全，瀅瀅先牽著小圓返家，沒耐性的狗王腿上拖著捕獸夾，快步騁馳在寂靜的馬路上。為了跟上狗王奔跑的速度，一角在瀅瀅後頭跑步跟著，追逐著大家眼中看不見的「牠」。跑了好一陣子，原本急奔的狗王，總算在一棟屋子前漸漸緩下腳步，屋內的狗兒似乎敏銳的察覺陌生人的到來，傳來陣陣狗吠聲。

「哼，看來這隻狗，不知道我才是這個家真正的一份子。」聽見當年那隻年幼狗兒的叫聲，狗王不屑的別過頭去，一切只等瀅瀅踮起腳尖，按下門鈴，真相就會大白。

「小妹妹，這麼晚了，妳有什麼事嗎？」女人打開門，年幼狗兒哈利立即探出頭來，直對著瀅瀅等人吠叫。

「奇怪了……平常哈利不會這樣子呀，小妹妹你別怕，哈利很乖，不會咬人的。」

「我、我要找的就是這隻狗！」

「咦？」

「上次我看到你們在路上散步，就覺得這隻狗狗好可愛喔，只是好久沒看到牠出來散步，我真的好想哈利，所以才想問問阿姨，可不可以來妳家跟狗狗玩？」一角聽見瀅瀅臉不紅氣不喘的編了故事，真讓人不敢相信，她上一秒時間才想到的這個理由。

「妳的記性還真是好，那請進吧，哈利，有小姊姊來找你玩，你好受歡迎喔！」狂吠的哈利被女主人一手抱起，四隻腳在空中狂踢不停，牠眼睜睜看著狗王的魂魄信步走進家，讓哈利一直對著空氣齜牙咧嘴。

「這個家還是跟以前一樣。」一踏進生前的居所，狗王懷念的四處聞聞嗅嗅，絲毫不理會哈利惡劣的態度。回過神來，狗王眼睜睜的看著眼前過去喊媽媽的女主人，明明心裡頭有好多話想對她說，卻不知道該從何說起。

為什麼在我離開之後，馬上就養新小狗而不是來找我呢？為什麼要放過放捕獸夾的壞人呢？這些當年來不及知道答案的疑問，成為了牠身上最沉重的枷鎖。

看著當初還是娃娃的小狗，十四年過去，如今牠也長到自己生前的成熟歲數，歲月在媽媽的臉上也留下痕跡，不知道這些年來，媽媽過得好嗎？想不想念自己呢？

狗王提起腳步往前走，將頭輕輕放在媽媽的手背上。這種感覺，就好像回到生前待在這個家，守護這一家人的時候。

這時候，女主人臉上浮現溫柔又恍惚的微笑神情，樣子一點也不像狗王先前說的——「主人不要牠了。」。

「真奇怪，妳才第一次來我們家，我心裡卻有很懷念的感覺，好像我們已經認識很久了。」瀅瀅心想，才不是因為我的關係呢！那是因為狗王就在妳的眼前。

原先低吠不已的哈利，看看女主人嘴角的微笑，再看看狗王溫馴的神情，從鼻子裡無奈吐出長長的氣，沒好氣地趴下。

「欸欸，我不知道，原來狗也會吃醋耶。」一角小聲說不敢被狗王聽見，瀅瀅跺了跺腳，踩了踩自己的影子，希望一角不要這時候鬧事，搞砸好不容易湊合的緣分。

「阿姨，這隻也是你養的狗嗎？牠笑得好可愛喔！」瀅瀅瞥見櫥櫃的相框裡頭，有一隻咧著嘴笑的黑狗，一看就知道那是狗王昔日的模樣，不過，狗王從來沒有在他們眼前笑過。

「是啊，那是我從小養到大的狗，牠叫旺來。」

「那牠怎麼不在家呢？」

「旺來幾年前過世，到天堂當小天使了。牠是隻特別帥氣的狗狗，

要是你在街上看見牠在散步，一定也會想認識牠、跟牠打招呼。」狗王哼了一聲，天堂？小天使？這女人是不是搞錯了什麼，一個備受折磨死去的狗，怎麼可能說上天堂就上天堂。

「旺來是因為太老，所以死掉嗎？」瀅瀅小心翼翼的問，就怕聽到的狗王不想聽到的答案。

「不是的，旺來從小時就活潑、貪玩，喜歡接近大自然，我們總讓牠在後山到處亂跑，連著好幾天我們都找不到牠，等到我們找到牠的時候，才發現……」女主人停頓了一下，遲疑該不該繼續往下說。

「發現什麼？」瀅瀅急切的想知道答案，就連躲在影子裡的一角也躁動的直想往外衝。

「我們發現牠誤入獵人放的捕獸夾陷阱，失血過多死了……」女主人無法將話繼續說完，回憶往事讓她感到痛苦，憶起愛狗失去生命的過程，讓她感到悔恨，為什麼當初沒辦法早一點發現牠的蹤影？

另一方面，她也相當清楚，如果自己堅持從小讓旺來養成繫上繫繩的習慣，旺來就不會獨自跑到山上，放捕獸夾的人固然有錯，自己也稱不上是一個好主人。這些話她也沒有對小女孩說出口，連她自己難以承認，如果真的愛旺來，怎麼會讓牠遭遇這些危險？

「那……哈利是因為你們太傷心，才養的嗎？」哈利聽到自己的名字，挺起身、一雙耳朵高高豎起。

「不是的，在找旺來的期間，正好有一波寒流來襲。我們上山找旺來時，有個沒良心的主人，居然就把小狗放在紙箱、扔在山上！要不是我們正巧去找旺來，說不定牠就會死在那，緣分讓我們發現哈利，卻沒幫助我

們找到旺來。」女主人的話，狗王聚精會神的聆聽。直到現在，牠終於承認瀅瀅和一角所說的，自己不過是隻膽小狗，連向主人確認答案的勇氣也沒有。

「到底是誰這麼狠心，在山上放捕獸夾忍心傷害小動物？」瀅瀅簡直沒有辦法想像，怎麼會有人這麼壞，想要害死動物？

「我們也想知道犯人是誰，但就算報警、問附近的居民都找不到凶手，大家都要我們看開一點，警察說依照法律，除非我們抓到現行犯正在放捕獸夾，但想也知道，這根本是不可能的事，怎麼可能會有這麼剛好的事呢？那時候，我們還得照顧虛弱的哈利，也沒有時間追逐犯人的下落，真是又累又傷心。」

聽到這，狗王大致懂了，當時沒有足夠的證據能找到犯人，加上為了照顧年幼的族人，讓媽媽不得不耽擱找尋自己的腳步。狗王長久以來埋藏心中的怨恨，稍稍得到了紓解。

「一角你看！」

瀅瀅不可思議的指著地板，狗王的身影居然連上女主人的影子，一角說過，只要兩個人的情感相通，鬼魂就能連上影子，這是不是表示，狗王已經原諒人類了呢？

忽然之間，女主人敏感的轉過身，看向客廳各個角落，好像知道有什

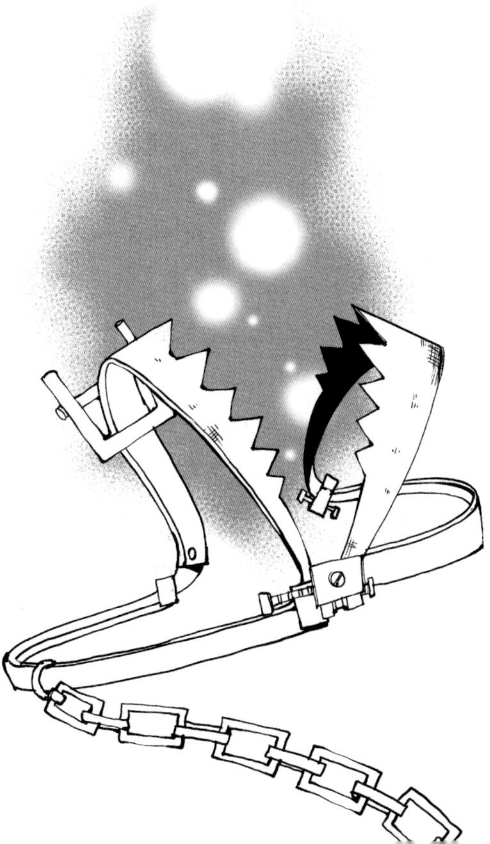

麼「看不見」的事正在悄悄發生。

「怎麼一回事，我忽然好想旺來，好像牠現在就在這個家裡。」聽見媽媽這麼說，狗王的雙眼泛起了淚水。能夠感覺到自己的存在，表示媽媽還沒將牠遺忘。

「汪！」狗王奮力一叫，叫聲畫破了人間與冥界的限制，迴響在安靜的客廳，女主人瞪大雙眼，想要找尋這熟悉聲音到底從何而來。雖然媽媽看不見自己，但狗王知道她的心，終於聽見了自己的呼喚，尾巴因此開心的左右搖擺，牠偷偷向菩薩許的願終於成真！

「這是怎麼一回事？你們有聽到奇怪的聲音嗎？那聲音……聽起來好像旺來。」

「阿姨，那就是旺來的叫聲啊！」

「妳這孩子真奇怪，說的好像認識我們家旺來似的，旺來早就死了，怎麼會是牠的叫聲？」

「阿姨，真的！旺來就在那裡，只要你願意相信，就能看到牠！」女主人的眼睛跟隨瀅瀅的手指頭方向看去，她用力的眨了眨眼睛卻什麼也沒看見，只覺得眼前有團黑影忽隱忽現。

「妳過去幫她的忙吧，妳身上有牛眼淚的祝福，只要牽著手，她就能看見我們的世界。」深知冥界規矩的一角輕聲提醒，瀅瀅慢慢牽起阿姨冰冷的手，感覺到她手指微微顫抖，不明白現在到底發生什麼事。

這一刻，沒有人說得出話來，一角和狗王就這樣雙雙憑空出現在女主人眼前。

「這是怎麼一回事，你們是在變魔術嗎？你們到底從哪裡冒出來的？」阿姨眯著眼睛，不敢置信。

「阿姨，你認不出來嗎？牠就是旺來啊！這麼多年來，牠以為你早就把牠忘得一乾二淨而難過的不得了。」狗王雖然始終不承認自己還掛念著主人，但聽見瀅瀅的話，還是忍不住沮喪的垂下頭來。

「你真的是旺來？小妹妹說的話是真的嗎？你是我一輩子的寶貝，媽媽怎麼可能忘記你？」狗王怯生生的抬起頭，怔怔的望著她。真的嗎？牠真的可以相信她說的話嗎？這麼多年以來，因為心中懷著巨大的恨意，進而想要保護族人的牠接任狗王位置。

旺來總拖著一隻受傷的腳，在人間與冥界四處巡視，當溫柔月光灑下的時候，牠總蜷曲躺在草地上，想起往日跟人類媽媽、爸爸玩耍的好時光。回憶如同一首好記的歌，即使牠不願意回想過去，回憶也會自己跑來耳邊，輕輕的哼。

「你的腳在流血……媽媽現在就帶你去看醫生，你等等我！媽媽馬上準備出門。」彷彿忘了曾親手埋葬了旺來，女主人匆忙的收拾包包準備出門。

「阿姨沒用的！鬼魂才不用看醫生。想要讓鬼脫離痛苦只有一個辦法，那就是完成他生前的願望，讓他能夠放心的投胎，才能開啟下一段旅程。旺來就是無法原諒害死牠的人類，才會徘徊在陰陽兩界無法升天。」

「嗷。」狗王發出小小的哀鳴表示同意一角的話。女主人放下包包，恍然想起，旺來早已過世的事實。

「旺來對不起，是爸爸、媽媽不好。那時候找不到犯人，之後拚命的寫信向政府抗議，到處發傳單希望禁止人們放捕獸夾，不要傷害無辜的動物。雖然做這麼多事情，終究無法換回你的生命。但是無論如何，我都會繼續做下去，是你教會了我如何去愛，媽媽雖然沒法救你，但會用好多好多的力氣，避免這樣的事再發生。」女主人一邊說一邊掉下眼淚。

旺來安靜的聆聽媽媽說的每一句話。因為逃避的心理，這麼多年，牠刻意不接近這一區，但牠行走人間時，在路上的確有看到禁止捕獸夾的傳單，原來那些都是媽媽做的啊！

「你記得媽媽以前最喜歡在耳邊跟你說什麼話嗎？」牠當然記得。

「我永遠、永遠愛你。」旺來在心中一齊跟著媽媽複誦。女主人的話才一說完，眾人就聽見地上傳來匡啷的清脆聲響。

「你們看！捕獸夾終於從狗王的腳上掉下來了！」女主人喜極而泣，她知道身體的傷，如果好好調養，終究有復原的一天。但她過去不知道，心裡的傷如果沒有好好化解，即使死後魂魄仍無法好好安息。如今，站直身的旺來，看起來神采奕奕，這是不是表示牠願意原諒自己呢？

「哇！這還是我第一次看見鬼魂升天耶！」一角張大了眼睛，嘴巴闔也闔不攏。他還以為，升天不過是冥界編出來的謊言，好讓孤魂野鬼們心中有個盼望，相信終有一天能完成遺願，不至於做出傷天害理的事情。

「阿姨太好了！旺來又恢復精神了！」瀅瀅開心的拍手。

「何止恢復精神？升天就是靈魂無掛、無礙，這下子旺來，可以準備快樂去投胎啦！」

「你說的是真的嗎？旺來終於可以去投胎了嗎？」雖然眼前的一切都令人難以置信，可是一知道最疼愛的旺來能夠順利投胎，沒有什麼比這個更好的消息！

「媽媽，謝謝妳讓我知道，我走之後，妳和爸爸付出的一切。雖然我還是好恨讓我白白死掉的壞人……不明白，為什麼人類傷害了動物，卻不用受到任何的懲罰。但是我也好愛還愛著我、記得我、想念我，還想阻止可怕的事情再次發生的妳，如果下輩子還有機會，我們一定還要再見面喔！」

狗王的一字一句，清楚的傳到每個人的心中。是啊，到底為什麼受傷的永遠都是手無寸鐵之力的動物？也許，想要獲得解答的唯一辦法，就是不斷的勇敢往前走，就和旺來和女主人做的事情一樣。想要避免無辜的生命死去，而去印製傳單；為了保護族人，死後遊走在冥界和人間保護大家，只有不斷的往前走，才能找到解決問題的答案。

旺來走向哈利，嗅嗅牠的屁股，哈利也好奇回聞。

「哈，我知道這是狗狗在交朋友的儀式！」旺來友善的朝哈利吠叫了一聲，好像在說「這個家就交給你守護囉！」

「謝謝你們，我本來還看不起人類小孩，沒想到真的幫我解開生前的遺願，我答應你們，狗族絕不會向人類發動戰爭，多虧有你們，我才能好好投胎。」一道白色光芒撒下，旺來宛如踩著透明的階梯，往光的方向走去，沿路還開心的左右搖擺尾巴呢，不一會兒的時間，便靈巧的消失在大家面前。

「一角，這樣表示，旺來牠放棄當狗王執行原本的任務了是嗎？」

「唉唷，牠都升天了，還當什麼狗王？我看呀，下一屆狗王還要等好一陣子才會出現呢。」一角開心的吹著口哨，他過去從來沒有想過，自己能在死後，可以看到傳說中的升天，回去冥界後，他可要和鬼兄弟們炫耀、炫耀囉。

「什麼任務呀？旺來還有沒有完成的心願嗎？還有你們從剛剛一直說的狗王是旺來嗎，為什麼牠會成為狗王？」為了看清楚鬼男孩一角的身影，阿姨始終沒有放下牽著瀅瀅的手。

「阿姨我們冥界有個傳說，只有生前心中懷抱著許多愛或是恨的狗族人，才有機會當上狗王，維護狗族平安。因為只有受過傷而死去的性命才知道，不能讓生前的痛苦，繼續發生在牠所愛的族人身上。」

「那你們說的任務又是什麼？」阿姨心中仍存有一絲盼望，希望能為旺來多做一點事。

「你說！」

「我才不要，妳說啦！」只見兩人只管推著對方，誰都不願意開口，更增加了女主人心中的疑慮。

「拜託你們了，我想知道旺來的心願是什麼，有可能的話，我想幫牠完成。」她低下頭誠懇的請求，不想讓旺來抱著任何遺憾離開。

「旺來說……人類對動物那麼殘忍，牠也要讓人類知道被背叛的滋味，正想要率領狗族人，對人類發動攻擊呢，還好牠和阿姨順利解開了誤會，不然後果不堪設想。」

「阿姨妳別擔心！我們鬼啊，只要完成遺願、順利升天，就會放下生前所有的委屈。現在的狗王，不對，旺來牠早就放下了攻擊人類的念頭，排隊等著下輩子投胎啦。」

「雖然我不是很清楚到底發生了什麼事，可是聽見旺來放下了執著我好高興，但謝謝有你們兩個人的幫忙，我才能再見旺來一面，知道牠能順利投胎，我真的好開心。對了？你們肚子都餓了吧？我來準備點心。」阿姨用手背擦去淚水，轉身就要到廚房為小客人準備餐點，女主人轉身後，尷尬的頓了一會。

「你喜歡吃什麼呢？」她真不知道要為這個「鬼朋友」準備些什麼才好。

「阿姨他是貪吃鬼！什麼都喜歡。」瀅瀅的話聽得一角害羞的搔搔頭，又不知道該如何反駁。

「我知道了。」阿姨連連點頭，在廚房裡忙碌穿梭。

「一角你看，沙漏裡的沙子變多了耶！」一角低頭看著脖子上的項鍊，果然如瀅瀅所說，沙子變多了，原本失去的力氣又回來了。一角開心的在空中翻了好幾圈，鍾馗大人說的果然沒錯，只要他願意幫忙維護和平，就能在人間充滿活力待久一點。

「鬼在做，天在看。這下子，我又有力氣找爸媽了！」一旁的哈利，感染了大家的好心情，在客廳裡圍著大家繞圈、奔跑，狗毛滿天飛揚。聽見大家的笑聲，正在廚房裡做菜的女主人牽起了微笑，鬼男孩重拾了力量，而她遺忘已久的笑容又回到了嘴角，而旺來在她心中始終不曾離開。

餓死鬼霸占豬公

自從狗王順利升天的消息在瀅瀅所居住的小鎮傳開後，一下子，彷彿全天下所有動物亡魂們都一起知道這個消息，開始在瀅瀅家門外徘徊久久不散，一行長長的隊伍，讓兩位門神大人看了都搖頭直說「唉，什麼時候家裡開起動物園來了？」

這個消息傳到鍾馗大人耳裡，讓鎮日忙於閱讀文件的他，罕見的停下手邊動作，挑起兩道濃濃的眉毛說「喔？看來一角有好好做事，沒有讓我失望。」接著，他又捻了捻鬍子，像是忽然想起什麼似的，吩咐陰間使者前往百寶室拿取法寶。

「聽說，動物亡魂在那人間小女孩家前徘徊不散，再麻煩你去百寶室取牛尾草讓她服下。」這陽間小女孩不容易，居然值得鍾馗大人取出牛眼淚以外第二件法寶讓她使用？陰間使者聽在耳裡心裡很不是滋味。怎麼一個區區陽間小女孩，可以屢屢獲得鍾馗大人所賜的法寶，擁有橫跨三界的能力呢？

「你會這麼想，表示道行尚淺。能維持三界和平才是最重要的事。」聽到鍾馗大人的話，使者慚愧的退下聽從囑咐。走在通往百寶室的長長廊道上，使者悠悠想起初次造訪冥界的心情。

世人總將冥間想的陰森森，想當初自己剛到冥界時，心裡也懷著一樣的心情，一顆心忽上忽下，深怕做錯事情，適應環境後，他漸漸明白，三界之間沒有太大的不同，無論人到哪裡都會遇到相同的難題，同樣也會有人願意伸出援手幫助你，因為當時鍾馗大人信任自己的能力，他才能接下這份工作，協助日理萬機的大人做事。

「牛尾草、牛尾草，在哪裡呢？」百寶室是由無數個中藥櫃子所組成的房間，在這裡，收藏著成千上百個冥界法寶，空氣中飄浮著灰塵粒子，使者彎下腰，抽出深藏在底部的抽屜，看到裡頭躺著一束藥草形如牛尾。

「就是這個！」來到久違的人間，使者依循鍾馗大人的指示，順利找到了瀅瀅，確保她將藥草咀嚼下肚。

「嗚嗚，不過想要幫別人的忙，怎麼還得吃藥？還有這藥怎麼會這麼苦。」

「不苦、不苦，妳吃的藥草叫做牛尾草，因形狀似牛尾巴而得名，和妳先前擦的牛眼淚恰為一組，牛眼淚使你看得見三界，牛尾草則能夠幫助妳聽得懂動物話，這麼一來，妳就能聽得懂動物亡魂的話語，幫助牠們早日升天。」平時面無表情的陰間使者溫柔安慰著瀅瀅。這個陽間小女孩，在冥界短短的時間內得了兩種法寶，這是前所未見的例子，說不定她真有本領能夠維持三界和平呢。

「那，鍾馗大人有沒有說要給我什麼法寶？」還沒將一角的話聽完，使者便冷冷對他擺了擺手，消失在兩人眼前。

「喂、喂，太不給面子了吧，我還沒把話說完耶！」瀅瀅被一角的舉動逗得呵呵笑，但是……忽然之間，她痛苦的摀著耳朵、蹲下身來。

「外面好吵，有好多人在說話，是誰？」聽到瀅瀅的抱怨，一角往窗外一看，外頭動物亡魂大排長龍，原來，瀅瀅因服下牛尾草後，聽到了動物們的吵雜交談聲，一時不適應才會頭疼不已。

不僅維護秩序的門神大人困擾，這也讓答應鍾馗大人維護人間秩序的一角相當頭疼，動物亡魂紛紛找上門來，可是他和瀅瀅兩人，到底能幫牠們什麼忙呢？

好不容易等瀅瀅習慣吵雜聲響後，她決定和一角一起下樓打開家門，看看牠們到底能為大家幫什麼忙，當長長的隊伍裡頭，出現一隻瘦弱的小豬時，特別吸引一角的目光。他心想，這孩子這麼小，心願應該也不大，不如就從牠開始幫起吧！

不過……按照常理，比起人類深不見底的欲望，動物天性單純，鮮少有未了的心願，足以讓牠們徘徊在人世不願離世，加上這頭小豬年紀這麼小，怎麼會無法離開人間呢？

「小豬，你生前是不是搶不到媽媽的奶水，營養不良才會餓死？趕緊排隊投胎去，出生在好人家，好好吃奶、好好長大。」

「才不是呢，我是被趕出來的！」小豬氣得急跺腳，一角定眼看小豬，果然，他的魂魄渾身散發粉粉嫩嫩的光芒，一點也不像過世的鬼魂。

「你是因為迷路，才找不到回家的路嗎？一角，你對牠太凶了！小豬，你先進來我們家吧！希望我們能順利幫你找到回家的路。」瀅瀅抱起四隻腳亂亂踢、忿忿不平的小豬，眼看小豬成為瀅瀅家中第一個受邀進的冥界訪客，大家也跟著想要擠進房子內，兩位魁偉的門神，將動物們擋在門外。

「牠只是魂魄、不是鬼，其餘的亡魂不准隨便進入我們家。」聽到門神這麼一說，一角才恍然大悟，只是，小豬活得好好的，牠的魂魄怎麼會脫離身體呢？他還沒想出個答案，就聽見門神大人不放心的往屋內喊「小豬可別弄髒地板啊！」

「哼，你們人類真奇怪，怎麼直到現在還不知道我們豬族人是最愛乾淨，還用著他提醒嗎？門神有什麼了不起，我們的老祖宗天蓬元帥，當年可是跟著唐三藏到西天取經呢。」瀅瀅噗哧一笑，看來小豬是位多話的小客人呢。

「對了，你叫什麼名字啊？」小豬歪著頭望著一角，不明白這個問題的答案。

「媽媽都怎麼叫你？」瀅瀅換個方式溫柔詢問卻讓聒噪不停的小豬愣住了。

「我剛到這個世界，人類就用冰涼涼的鐵柵欄把我跟媽媽隔開，媽媽只能隔著柵欄餵我喝奶，根本沒看到我長什麼樣子，這樣子，她怎麼幫我取名字呢？」聽到小豬的回答，兩人頓時安靜下來，他們從來沒有想過，小豬和媽媽居然連一次都沒有看過對方的模樣。

「只要回到我的身體、找到媽媽，我就有名字啦！你們快幫我想想辦法。聽說你們連讓狗王都可以順利升天，我這點小事難不到你們吧？」小豬敏銳的察覺兩人細膩的心思在空氣中流竄，趕緊提出自己的要求。這陣子，所有動物鬼魂躁動不已，過去，人類聽不見牠們想要升天的心聲，現在，居然連從地獄回來的狗王，都能夠完成心願，自己不過想要回身體、找回媽媽，這個願望不過分吧？

「這麼說，是另外一個小豬魂魄，附在你的身體上嗎？」瀅瀅還不懂冥界的規矩，她想，可能是另一隻生前沒有好好長大、完成生前願望的小豬鬼魂，因此霸道的占了牠的身體吧？

「才不是豬，是人。」小豬冷冷的回應，讓兩人嚇了好大一跳。

「你說什麼！」為了解釋事情的經過，小豬焦急的房內來回踱步。那天，牠如往常般等待媽媽餵奶，不知打哪來的餓死鬼，居然趁牠貪玩不注意，就這麼附身自己的身上，硬生生將牠的魂魄給趕了出去，這還不打緊，餓死鬼還大吃特吃，把自己的身體活生生吃成大豬公。就這樣年復一年，這三年來，小豬徘徊在人間，過著冥界不收、天界不接、人間無可家可回的悲慘日子。

「拜託你們了，再七天，我就要死了。」小豬的眼角落下斗大的淚珠，這到底是怎麼一回事呢？原來自從餓死鬼占據小豬的身軀之後，怎麼吃都吃不飽，體重節節升高，獲選為今年度神豬選手，即將成為祭祀神明的祭品。眼看中元祭就要到來，要是在人間的肉身死了，自己尚是生靈的魂魄，又該何去何從？想到這，性情倔強的小豬忍不住哭哭啼啼起來，牠一哭，在外眾動物亡魂們齊聲嚎啕淚流。

在場誰的死亡不冤枉？

「今天請大家先回家吧。」瀅瀅走出家門，愧疚的向外頭等待已久的動物亡魂深深一鞠躬。「我們哪像妳一樣，有家可以回呢？」一隻被卡車輾過的梅花鹿，身上白雪一般的斑點，染上鮮紅的血，宛如翩翩櫻花般綻放。

心細的一角聽見了梅花鹿的低聲呢喃，乘著晚風一躍，往月光的方向飛去。順利解決狗王、完成小豬的願望，維持冥界的和平那又如何？自己同樣沒有家可以回，不知道家人是否仍然思念自己。空留人間，白忙一場，這是一角第一次懷疑自己留在人間的原因。

「爸爸、媽媽、阿公、阿媽……我該怎麼做才好？」這比學校教的事情還難上千百萬倍，她只是一個小孩子，真的有辦法讓小豬重新回到自己身體。唉，這件事恐怕講了也沒有大人會相信，瀅瀅羨慕一角能夠到處飛，自己有煩惱卻不知道該向誰訴說，累壞了的小豬就蜷曲在床腳休息，一切的一切，都得耐心等待天亮。

隔天一早，服下牛尾草後的瀅瀅，光是走去學校的路上，就有好多聲音悄悄飛到她的耳邊，讓她不想聽都不行，真是熱鬧極了！放學後，兩人照著小豬畫的地圖，果然發現豬舍的所在地。如果不是小豬說出真相，他們怎麼樣也猜不到，眼前這隻大豬裡頭居然是人類小男孩的靈魂，可是……無論她和一角兩人好說歹說，餓死鬼強仔卻怎麼樣都不願意離開。

「你生前是人，怎麼死後霸占一頭豬的身體，不趕快去投胎？」一角難得的鼓起腮幫子，渾霸占別人的身體，算什麼男子漢？

「我生前的願望，就是再也不用擔心下一頓飯在哪裡，能當豬仔多好啊！成天只要吃、飽、睡，身邊的人就好放心。欸，再說，多虧有我，這隻瘦弱的小豬才能被選為神豬選手，『豬公』這個名字聽起來多神氣，有什麼不好？」餓死鬼強仔絲毫沒有悔意，說起話來還得意揚揚，讓一角聽得氣得牙癢癢。

「如果說，不用擔心下一頓飯在哪裡就是你的願望，你怎麼還會待在這裡呢？」瀅瀅真心感到不解，如果真的和強仔說的一樣，他不是早該升天了嗎？

「我也不知道哇，也許老天爺沒有看到我完成夢想，所以我只好越吃越多，只要不停的吃當上了神豬，被老天爺看見的話，說不定我就可以順利升天咧。」強仔一邊說話一邊吃東西，腦子裡的妄想任人聽了直搖頭。

「別傻了，人類只希望你吃得越胖越好，好把你宰來祭祀拜山神，再說了，你霸占了小豬的靈魂，老天有眼，怎麼還會讓你順利升天？」

「我不願意！我不願意！憑什麼我的願望完成了，還得再死一次，我生前活活餓死，死後努力吃東西哪裡錯了？從來沒有人告訴我該怎麼做，憑什麼要我參透天機，自己領悟升天的方法？」想到未來命運，強仔龐大的身軀靠在柵欄上與嚎啕哭聲一齊發出轟隆巨響。

「你別哭了，讓我們一起想辦法。」瀅瀅踮起腳尖，用手帕擦去強仔的淚水。

「一角，為什麼強仔要這麼傷心呢？他只要把身體還給小豬不就好了嗎？」

「強仔的執念太強，所以離不開人世間。鬼要是死了兩次，別說升天投胎，就連魂魄都得煙消雲散。」一角附在瀅瀅耳邊悄聲地說，這也難怪強仔不能接受自己未來的命運。再說，小豬的身體被困在籠子裡動彈不得，該怎麼救？

「爸爸、媽媽有說過，有困難時可以找大人幫忙……」

「別傻了，有哪個大人會相信你的話？」瀅瀅腦中忽然靈光一閃，社區裡，不就有個『大人』嗎？

「神明大人！請幫幫我們！」午覺剛睡醒的土地公兩眼睡眼惺忪，還搞不清楚發生什麼事情，瀅瀅這個孩子自從被鍾馗欽點維持冥界和平之後，他和門神兄弟倆就密切注意她的狀況，誰教祂從小看著女孩長大呢？祂打了個大呵欠，腳步蹣跚從神椅上走下，年紀大了，膝蓋不好喔。

「土地公爺爺，我們的朋友餓死鬼強仔霸占了小豬的身體，他的胃就像無底洞一樣，讓小豬的身體不停地吃、不停地吃，穩穩坐上神豬第一候選人，怎麼樣才能讓我的朋友願意將身體讓回給小豬，也讓小豬可以順利逃離被吃掉的命運呢？」

「咳咳，問題一下子太多了，我們一個一個慢慢來，首先，對妳朋友而言，什麼才是夠了？」面對土地公爺爺突如其來的問題，瀅瀅和一角相互對望，對耶，他們都沒有好好想過這個問題，強仔生前的願望就是不用為下一餐擔心，現在他有機會吃飽飯了卻還是老覺得餓，問題一點也沒有解決。

「如果是我，當然是吃越多越好啊。」

「還是會有膩的時候吧，就像我，雖然喜歡吃糖，但是受不了甜滋滋的奶油蛋糕。」兩人你一言我一句，土地公爺爺只是微微笑著，什麼話也不說。

「就沒有辦法可以幫他嗎？」聽到兩人異口同聲的說出這句話，土地公爺爺眨了眨眼睛，眼旁的魚尾紋漾開了。

「你們可以試著寫信給天庭啊，說不定，玉皇大帝有什麼好點子呢。」這個方法讓瀅瀅眼睛為之一亮。

「好耶！我以前曾經寫信給筆友，不知道，寫到天庭的信要貼多少郵票、地址要寫哪裡？」土地公爺爺指了指外頭的金爐慈祥的笑了笑，「那裡」就是直通天庭的郵筒，一角與瀅瀅絞盡腦汁趴在神桌上寫下所有擔憂。

瀅瀅踮著腳尖，小心翼翼將紙張放在金爐裡，白紙瞬間不知道被哪來的狂風捲上天際，不久便得到回音。原本寫得密密麻麻的白紙上，被火燒了兩瓣像是香蕉又像是月亮的黑洞，一角將紙張正著看、反著瞧就是看不出個所以然，反倒是瀅瀅眼睛發亮。

「土地公爺爺，這該不會是杯吧！」她拿起神桌上的杯，感受木頭在掌心的重量。

「咳咳，原本是天機不可洩漏，玉皇大帝都允肯給妳回音，那我就明說吧！你們朋友附近的廟宇，連年都會舉辦擲杯大賽，今年只要贏得擲杯冠軍，你們就能贏得神豬作為獎賞。」聽到土地公爺爺這番話，一角開心的拍手叫好，瀅瀅卻緊張的不得了，從小她的運氣就不好，每次班上只要舉辦抽獎活動，她永遠都能拿到參加獎，如果要參加比賽，她得想想，有什麼問題是神明非得用聖杯回答她不可。

即使瀅瀅的抽獎運氣一向不好，得到玉皇大帝回信的兩人還是興高采烈的分別向小豬與強仔回報這個好消息，小豬興奮的在房裡繞圈圈，強仔則是隨著比賽的日期接近越來越提不起勁。

「離開這副身體，對我有什麼好處？可是不走，贏得神豬比賽也得被宰來祭祀。唉！」強仔靠在冰涼的鐵欄杆上，褐色的眼珠因淡薄的月光而顯得黯淡，找不出答案。

擲杯比賽這天，由於一角是鬼魂，不得進廟，因此被駐守廟宇的門神擋在門外，他知道瀅瀅怕自己搞砸這難得的機緣，在瀅瀅入廟門前，貼在耳邊告訴她一個祕密。

「不要害怕，神明不會也不能說謊，只要妳誠心誠意發問，相信神明會好好回應妳，我們就能贏得擲杯大賽，我在外頭等妳，好嗎？」瀅瀅勇敢的點下頭，提起腳跨過門檻走進廟宇。

「接下來，有哪位信徒要挑戰擲杯大賽？」上一位參賽者已經連得十二次聖杯眼看勝利在望，圍觀的民眾老早舉白旗放棄，再說，贏得一頭神豬又能做什麼呢？

「我！」瀅瀅奮力舉起手，眾人聽見稚嫩的聲音從後方傳來，紛紛轉過頭確認出聲的人是何方神聖，只見瀅瀅氣勢十足接過廟公手中的杯。

「請問神明大人，爸爸愛我嗎？」她虔誠的跪在紅墊上，擲出清脆響亮的聲響。

「一聖杯！」廟方人員大喊。

「請問神明大人，媽媽愛我嗎？」

「二聖杯！」廟方人員續喊。

宮德

自從從天庭那得知擲杯大賽的消息後，瀅瀅左思右想，好不容易想到了好問題，她一個、一個問題問下去，問遍了所有家人、朋友愛不愛她。關於愛，毫無疑問，瀅瀅總是得到聖杯的回應，神明無聲卻清脆的回覆，安穩她慌亂的心。不知不覺，她和另一位參賽者的差距越來越小，十一個聖杯，十一次喊聲，讓廟宇內的氣氛越加緊張。

「請問神明大人，請問您願意放小豬和強仔自由嗎？」

「沒杯！」廟方人員大喊，圍觀的民眾們發出可惜的嘆息聲。

「怎麼會、怎麼會……」瀅瀅雙腳麻痺跪在地上，在大人的攙扶之下，勉強站起身，走起路來搖搖晃晃。沒有人知道，為什麼這個突然加入的小女孩，只是輸了一場擲杯比賽，就哭泣得不能自已。

「神明大人明明說大家都愛我，可是祂為什麼不願意分一點愛給小豬和強仔呢？」用手背擦去不斷湧上的淚，走到廟埕，瀅瀅依舊泣不成聲。

「別哭了，我想神明會這樣安排，一定有祂的用意吧，就像我始終不明白，為什麼自己非得死在那場大水不可，也不明白為什麼會遇上妳。我們還是去見強仔最後一面吧？」瀅瀅拖著沉重的步伐跟在一角身後，她還以為自己真能改變命運，她真的這麼相信。

「怎麼了？我是不是注定會死掉？」看著兩人失魂落魄的走進豬舍，強仔的聲線因害怕而顫抖著，這時，他赫然發現，原來，好好面對死亡才是人世間最大的勇敢。過去，他怎麼吃都覺得不夠，那是因為，心底有股聲音總認為，這個世界待他太不公平，為什麼家裡就連養活自己的一口飯都沒有？所以才會霸占小豬的身軀，不顧後果狠狠吃它一回，明知道耽誤了小豬的生命旅途，卻捨不得放下活著的眷戀，結果換來同樣的結局。

直到生命最後一刻，現在的強仔終於覺得「夠了」，自己實在活得夠久，反覆的生死試煉，足夠讓他知道，自己的欲望終究沒有被滿足的那天。

念頭一轉，原先害怕、畏懼的心情與顫抖的身軀慢慢緩和下來。強仔在心中暗暗下了決定，他希望這個決定不會來的太遲，不會成為兩份生命的遺憾。

「我願意將身體還回給小豬，獨自承擔無法輪迴的痛苦，不知道你們

可以幫我轉告小豬嗎？」

「好兄弟！真高興聽見你終於看開了，小豬就跟在我們後頭，有什麼話你就直接對牠說吧。」小豬從一角的雙腿間探出頭來，牠終於等到這個討厭鬼願意讓出身體的一天。

「小豬……對不起我霸占你的身體這麼久，讓你沒有辦法好好長大。」強仔愧疚的說。

「沒關係啦，到最後，還不是被人類宰來吃，這是我們這一族的命運，只是我錯過這一生好好成長的機會，希望你替我活過的這一輩子，足夠滿足你生前的願望。」對小豬而言，事到如今，什麼都不重要，現在，只要往前一步，就能回到自己朝思暮想的身體，可是就得面臨可怕的命運。

「雖然我沒見過媽媽，但是……媽媽一定不希望我是膽小鬼吧？」現在的牠，只能相信，媽媽和兄弟姊妹們會在另一頭等待牠。

小豬哼著歌勇敢走上前去，歌聲裡卻有著濃濃的鼻音，那是媽媽每晚唱給兄弟姊妹聽的歌，雖然牠從來沒看過媽媽的模樣，可是，牠還記得透過欄杆傳來的媽媽的溫度還有大家的鼻息，那段日子雖然短暫，卻是牠這輩子所有的美好回憶。

在那短短的幾分鐘內，餓死鬼強仔勇敢走出龐大的身體外，小豬則走進朝思暮想的身軀內，當他們交會之時，強仔的魂魄在曝晒陽光底下，顯得稀薄且透明，小豬的巨大身體，則因魂魄的再次回歸而顫抖個不停。

「接下來的事，小孩子不要在旁邊圍觀！」為了宰殺神豬大人們將瀅瀅推到門外，豬舍內傳來慘痛淒厲的尖叫聲，一角摀住瀅瀅的耳朵，這對她實在太殘忍了，只是怎麼樣也想不到，在安靜片刻後，小豬的魂魄居然踩著輕快的腳步走出豬舍，讓他們看了目瞪口呆。

「哼哼！我還以為死掉有多可怕呢，還不就是這麼一回事。」變成魂魄的小豬，不以為意的甩了甩尾巴，當銳利刀鋒落下、鮮血滴落的那瞬間當然可怕，可是當牠的魂魄一抽離身體，那些恐懼，瞬間消失的無影無蹤，現在的牠只覺得好快樂，好想快點去天上找媽媽，渾身輕飄飄的，開心的不只有小豬還有強仔。

「一角你看！小豬的身體正在閃閃發光和狗王當時升天時一樣耶！」

兩人定眼一看，發光的不只有小豬，強仔的魂魄和剛剛稀薄透明的存在相比，現在的他，同樣閃爍著光芒。

「這是怎麼回事？」強仔不敢置信的張大嘴巴，他早有心理準備，得徘徊在人間與冥界之間，為他犯下霸占他人生命的罪惡贖罪，他怎麼樣也想不到，自己居然也得以順利升天！

「呵呵呵，我終於趕上了。」土地公爺爺拄著枴杖從遠方從容走來。

「土地公爺爺，這是怎麼一回事？為什麼連強仔都能順利升天？」

「我不是問你們，仔細想想，對這男孩而言，什麼才叫夠了嗎？不是越多就是越好，而是體認到自己一點也不缺。看來這孩子學到，這趟人生旅途學到的東西已經足夠，自然得以升天輪迴，繼續下一趟的人間學習。」

「瀅瀅、一角，謝謝你們，如果不是遇見了你們，我和強仔就不能找回自己真正在意的東西，我這輩子當豬的時間雖然很短，但是心中因為想念著家人，所以不會孤單。」

強仔搔了搔頭，接續著小豬的話說下去「我霸占了小豬的身體，等於活了兩輩子那麼長，才明白，勇敢活在當下，才是真正的滿足。一角、瀅瀅，我們走了！謝謝你們，我們有緣下輩子再見！」眾人仰望著天空目送他倆離去，一角與瀅瀅興奮的揮舞雙手，土地公爺爺滿意的捻著雪白鬍鬚，此時此刻，沒有什麼比祝福朋友遠行更重要的事。

冬至吃湯圓

自從目送強仔與小豬雙雙升天後，一角和瀅瀅兩人更加不得閒，大大小小的動物亡魂們都來找他們幫忙。好不容易忙完大家的事，一角開始每天跟著升上五年級的瀅瀅上學去。

不過繁重的功課，常常惹得一角低聲抱怨。

「奇怪了，我們平平都是五年級，怎麼我和你學的東西差那麼多，A、B、C，狗咬豬，唉，要是我生前有你現在一半認真，阿母也不用每天藤條伺候我啦！」兩人待在教室裡，用心中相同頻率，彼此分享大大小小心情，雖然上課時要保持安靜，在心中，卻如同要掀開天花板般的熱鬧滾滾。

就連回阿公、阿媽家，阿媽也說「我們家瀅瀅有進步哦，最近嘴笑目笑，個性活潑不少。」聽得瀅瀅好開心！

學習歸學習，一角可不得閒，白天上課，晚上則到街上巡邏、探路，就希望能找到回家的蛛絲馬跡，說不定在路上就讓他遇見爸爸、媽媽了呢！有了旺來順利回家成功在先的例子，大大振奮了他幾十年來的失望心情。

不過隨著日曆越來越薄，瀅瀅也越來越憂心的盯著自己的影子，擔心一角的活力。

加上自從幫助小豬和強仔之後，一角頸上的沙漏項鍊，一直沒有補充新沙子，這下可好，沙漏眼看就要見底啦，這幾天，一角看起來比起往常更虛弱，不過，就在這個時候，家裡可是發生了不得了的大事，鬧得全家人都不愉快。

「許瀅瀅，妳給我過來，跟妳說過多少次，不要偷吃家裡零食，這些點心是媽媽要招待客人，這孩子怎麼說不聽，又不是不給妳吃點心，何必偷吃呢？」媽媽手裡拿著一包已開封的餅乾盒，臉色難看的可以殺死人。

「又不是我吃的……」這是這一個月來，家裡所發生第三起偷吃事件，沒有人知道凶手是誰，但是除了瀅瀅，還會有誰？

「不是妳，難道會是爸爸？爸爸每天都工作的那麼累，要是知道妳說謊，想想看他會有多難過，去罰寫『我再也不會偷吃』五十遍。」

「我才沒有說謊，沒做過的事為什麼要道歉。」瀅瀅氣呼呼的跑回房間，這一次，就連鬼魂一角都跟不上她的腳步。

瀅瀅回到房間一句話也不說，房間內的低氣壓卻讓鬼也喘不過氣，誰都知道她就快要氣炸了。

「我敢對天發誓，絕對不是我偷吃，再說我是鬼，妳早就知道，我真的不用『吃』東西呀，依我看，家裡準是遭小偷了。」

「怎麼會？我們都有兩位門神幫忙守護平安，怎麼可能還會有小偷溜進來？」

「冬至快到了，兩位門神得幫忙灶神做事情，說不定一時間疏忽了，讓小偷溜進來了也說不定，老人家不是說『仙人打鼓有時錯，腳步踏差誰人無』嗎？我看啊，就是這麼一回事。」一角說的頭頭是道，彷彿他真的看見了小偷躡手躡腳溜進了廚房，大口大口吃掉零食。

「可是爸爸、媽媽都在家，哪有小偷那麼大膽敢在家裡有人時，偷溜進來啊？」

「如果我說，這個小偷不是人呢？嘿嘿。」一角早就發現屋子裡的氣味「怪怪的」只是敵不動，我不動，只要不傷害瀅瀅全家人的安全，他不想隨便插手，以免被鍾馗大人說「叫你維持和平，可不是增加問題。」

「可是……你不是說鬼不會『吃』東西？」瀅瀅被一角說的話搞得好糊塗。

「嘿嘿，如果對方是『怪』呢？牠們的屬性又跟我們完全不一樣，這樣吧，我有個好法子……」一角在耳邊悄悄說了計畫，這計畫可要越小聲越好，人聽不見鬼話，不過怪的耳朵可要比人利多了，他看呀，一定是那愛吃甜的牛怪偷跑進家裡。

瀅瀅滿臉困惑，誰是小牛怪呢？怎麼連聽都沒聽過？「你可不要亂編故事，以為我聽不懂喔！」

「待我說明白！農家出身的莊稼人都知道，這麼一個故事，古時候有個名叫墨斗公的木匠，住在土壤肥沃的村莊裡。那裡的農夫不用辛苦耕種就能有很好的收成，大家好羨慕啊。」

「這樣很好哇！不用努力工作，就有得吃飯，這樣爸爸就不用去上班啦，多好呀。」

「可是如此一來，誰要當冤大頭，努力工作啊？大家只會越來越懶散！這下子連墨斗公看不過去啦！」一角活靈活現的描述，墨斗公是如何指派他的徒弟，將一顆顆施過魔法鋸木屑撒在田地雜草，定期灑一點在農田上就會長出雜草。讓大家可以除除草平時有事可做，沒想到這徒弟也是一個懶惰蟲！竟然一次就將所有魔法鋸木屑都灑上了！

「這樣稻田裡不是會長滿雜草嗎？」

「就是因為長滿了雜草，所以整畝田都枯盡啦！會法術的墨斗公因此生氣的懲罰徒弟，將他變成一頭牛，沒想到變成牛的徒弟，依舊好吃懶做，常常耕一會田就嚷著要休息，還想吃牠最喜歡的湯圓當點心，佛祖看不過去，就在牠的下巴上打了釘子，讓牠再也不能開口抱怨，認命的好好耕種啦！」

「佛祖好過分喔，肚子餓本來就要吃東西啊。」瀅瀅氣得鼓起臉頰。

「妳別老是愛生氣，聽我把話說完，為了感謝過去一年來牛隻們的努力付出，每位農夫將每年冬至敬奉為牛的生日，好感謝牛過去一年的辛

勤。妳說，我是不是萬事通，什麼故事都知道呢？」

「是、是、是，你是冥界最會說故事的人，不過小牛怪怎麼會來我們家呢？慶祝生日不是要全家人聚在一起才好玩？」

「天底下有哪個孩子不貪玩？說不定調皮小牛怪不想跟大家慶生，所以才會跑到我們家呢。」一角調皮的眨了眨眼睛，看來今天晚上可有好戲看了。

這天晚上，瀅瀅媽媽嘴裡雖然念歸念，但還是捲起袖子來，為了冬至祭祖這天，準備了一大碗甜甜的湯圓甜湯，瀅瀅更是心滿意足的吃下好幾碗湯圓。

「媽媽不是存心罵妳，如果偷吃零食，因此吃不下飯，怎麼對得起辛苦耕種的農夫和牛隻呢？」瀅瀅吐著舌頭，心裡想著，就跟妳說不是我吃的嘛，如果一角說的話是真的，今晚他們就能知道到底小偷是誰！

這個晚上，一角細細聽著黑夜裡發出的窸窣聲，偷偷摸摸踮著腳尖來到了廚房，他要將媽媽搓好的湯圓小心翼翼的放在廚房地板上，一顆一顆粉紅與白的小湯圓，讓瀅瀅想起阿媽家的日日春歡喜綻放。

「一角，這真的有用嗎？」

「有用、有用！因為湯圓可是小牛怪最喜歡的食物！放這個準沒錯！」兩人偷偷躲在廚房門後，瀅瀅的心臟撲通、撲通跳，那聲音多麼響亮，彷彿就要跳出她的心房。

過了不久，果然聽到廚房裡傳來咀嚼的聲音，這時候，一角話不多說，迅速關上房門，準備讓這小牛怪無所遁逃，瀅瀅只見一隻頭上長角的小牛怪，在廚房裡緊張的手足無措、橫衝直撞。

「哞、哞、哞！」被人發現偷吃食物的小牛怪，頓時發起牛脾氣來，用牠一頭牛角，將瀅瀅家的廚房撞得亂七又八糟，一角連忙拉著瀅瀅到牆角避難，保護著她不受傷害。

「你這個小偷，不僅偷吃別人家的點心，還想到別人家當破壞王啊？」這隻小牛怪未免太不識相，簡直吃人夠夠！

「你們兩個人欺負一頭牛，才過分呢，媽媽說得對！要離人類遠一點，人類都不是什麼好東西，你們還趁我吃東西的時候偷襲我，人類最壞了！」小牛怪大發一頓脾氣，站起身來，打算和兩人來場正面衝突，雖然牠的力氣之大，足以將瀅瀅和一角雙雙推倒，但是，偏偏小牛怪天生膽小，力氣大歸大，但傷人的事，牠怎麼樣也不想做。最後，小牛怪只好耍賴坐在地上，哇哇大哭起來。

瀅瀅不忍心小牛怪坐在地板上哭泣，小心翼翼的接近牠，溫柔地開口說「你，就是傳說中的牛怪嗎？」

「不信的話，妳看我下巴就知道了啊，那可是佛祖親手為我們族人釘上的釘子，騙不了人的。」小牛怪眨巴著可憐兮兮的紅眼睛，微微抬起下巴來，下巴果然有釘釘子的痕跡，讓人看了好心疼。

「你們不是要抓我嗎？現在被你們抓到了，伸頭也是一刀，縮頭也是一刀，看你要紅燒、清蒸、煎烤都隨便你，反正我迷路了，媽媽也找不到我，嗚嗚嗚，要不是我貪吃，今天怎麼會落入人類手中。」

「你怎麼總是把人想的那麼壞呀！你媽媽沒跟你說過，偷吃別人東西是不對的嗎？我們不想把你抓來吃，只是想要知道，你到底發生了什麼事，怎麼會誤闖別人家呢？要是這件事被佛祖知道，難保你下巴上的釘子又要多幾根了！」

於是，一人、一鬼、一怪坐在地板上談起牠來到瀅瀅家前發生的點點滴滴。

原來牛媽媽和小牛怪母子倆原本預計趕在冬至來臨之前，遷移到隔壁村下一畝田，幫忙存好心、做好事的農人耕種，有了牛怪的出力祝福，能讓他們來年豐收，而且，這些不忘本的老農夫，也總會慷慨祭拜湯圓慰勞辛苦牛怪。

只是，這一次小牛怪肚子實在餓極了！在途中，被瀅瀅媽媽做湯圓的香氣吸引，還偷偷把人家櫃子裡的點心統統吃光光！等到牠一回神過來，媽媽早就已經不知道到哪裡去了，牠只好偷偷躲在瀅瀅家，希望媽媽能發現不小心迷路的自己，話說完沒多久，小牛怪又放聲大哭。

「你們知道，冬至這一天對我們牛怪一族有多重要嗎？俗話說『冬至大如年』，在這天，如果不全家團聚會被人當作是沒有祖先的孩子，而且冬至可是我們牛的生日耶！這一天農夫叔叔、阿姨都不用耕田，天下所有的牛都放一天假，我居然因為貪吃所以錯過自己的生日！」一角和瀅瀅我看你你看我，一時之間，真不知道該如何面對這愛哭小牛怪才好。

「有了！我有個好主意！我想起來，阿母過去曾用湯圓捏成小狗、小豬的模樣，逗我和小妹開心，阿母說這叫『做雞母狗仔』，可以保佑家裡六畜興旺，闔家平安。如果我們把湯圓捏成小牛怪的模樣，放一排在瀅瀅家的門前，牛媽媽經過不就一看就知道她的乖兒子就待在這裡嗎？」

「太好了，太好了，媽媽跟我一樣，最喜歡吃湯圓，要是她看到了一定知道我就在這裡，你的點子真了不起！」

「那我們還等什麼呢！」一人、一鬼、一怪連忙在廚房裡手忙腳亂，臉上、手上，到處沾滿了白色麵粉，小牛怪一面搓揉麵粉，一面哼著歌，這些歌呀，都是老農夫一邊耕田時，唱給自己聽的曲子，輕快又溫暖的旋律，每隻牛怪都會哼上幾首喔。

細心的瀅瀅與一角觀察小牛怪的模樣，捏出一隻隻維妙維肖的牛怪小巧湯圓。大功告成後，大家將做好的小牛怪湯圓一一放在圍牆上，緊張的等候牛媽媽可能的到來。

「一角，你確定這樣做，牛媽媽就知道小牛怪待在我們家？」

「噓，我相信天底下的媽媽都有奇妙的心電感應，再說，我們不做做看，怎麼會知道結果呢？」這時候，遠方傳出了陣陣響亮的牛鈴聲音。

「是媽媽的鈴鐺聲，是媽媽來找我了！」小牛怪興奮的奔出家門，瀅瀅卻緊張的靠在一角身旁，天呀，原來牛媽媽可是體型比小牛怪，整整大上好幾倍的大牛怪！

「你這孩子，媽媽和你說過多少次，走路要跟緊，冬至這麼重要的大日子，你走失了，媽媽要叫哪位族人撥空來幫忙找你？你哪天不選，偏偏選在我們生日前失蹤！」小牛怪被媽媽狠狠訓斥一頓，但是……不論牛媽媽說了什麼，小牛怪一點兒也聽不進去！牠只管破涕而笑，開心搖晃著牛尾巴，媽媽每一句話在牠聽來都是好吃的蜜，罵再多也不怕。

「媽媽，這是我認識的新朋友一角和瀅瀅，如果沒有他們的幫忙，我就找不到妳了耶！我好想媽媽喔。」小牛怪撒嬌的拉拉牛媽媽的衣角，牛媽媽聽了孩子的話，馬上低頭真誠的向兩人鞠躬道謝。

「免客氣，小事一樁啦，身為農家子弟的我才要感謝你們牛怪一族，對人類的付出，雖然我現在是鬼，但是我在世的時候，跟我最要好的就是牛朋友了！」

「孩子聽到了嗎？這個時代還是有對我們很友善的人類存在，你常常抱怨耕田累，可是我們的辛苦，可以幫助到人類，只要他們豐收自然而然會更加尊敬我們。」

難得聽見人類的感謝，辛苦一整年的牛媽媽開心極了，轉頭更要小牛怪往後努力耕田，要把感謝，當作更高一階的自我要求。

「孩子，你怎麼會留在人間呢？」牛媽媽見識博廣，她知道，鬼，留守在人間家中，可不是一件稀鬆平常的事，眼前的鬼男孩有一顆體貼人意、善良的心，怎麼會沒有辦法升天？當牛媽媽將事情原委聽得仔仔細細後，個性向來爽朗的她，罕見的沉思了一會兒。

「媽媽，妳在想什麼呀？妳都找到我了，我們趕快跟大家集合，一起去過生日吧？再晚就來不及了呢。」小牛怪望著月亮，心心念念著把握今天剩下的好時光，冬至過後，牠又得在媽媽的囑咐下，學習如何耕田當一隻稱職的牛怪。

「就讓我幫你找到回家的路，當作回報吧！」

「真的可以嗎？」

「當然可以囉，可別小看我們牛怪一族，我們每年在臺灣各地，輪流幫忙農人耕田，我們吃過的湯圓，比你吃過的還多，走過的路，自然比你來的遠囉。」牛媽媽眨了眨眼，緩緩閉起眼睛，讓頸上的牛鈴聲，敲響了她心中的問題。

「請問，有哪一位族人知道，鬼男孩一角的家人，現在住在哪裡嗎？

他過去住在溪北村一百零一號，有誰曾經到過那裡耕田嗎？」牛媽媽側耳傾聽遠方此起彼落的牛鈴聲音。

不僅一角與瀅瀅驚奇的聽著小鎮上四處傳來神聖的鈴鐺聲響，小牛怪更是滿心崇拜的仰望著媽媽，身為牛怪，牠從來不知道，為什麼自己身為怪，可以用怪力找東西吃，卻還得辛苦幫助人類耕田。但是媽媽總是說：「無論人、神、鬼、怪，互相幫助、維持和平才是最重要的事。」這一次親眼看到媽媽和族人一起幫助冥界的小男孩，對年紀尚小的小牛怪來說，無疑是最好的示範。

「你們上來吧！我送你們過去找媽媽。」牛媽媽側耳細聽牛鈴聲傳來的方位之後，邀請兩人乘坐在自己的牛背上，費了一番工夫，在一角和小牛怪的幫助之下，瀅瀅才爬上宛如一座小山丘，厚實又柔軟的牛背。

「你們好幸運耶，平時除了我以外，媽媽誰也不載。」小牛怪搖擺著尾巴，媽媽走路時左右搖擺的牛鈴聲，聽在耳裡，好安心。

「你還好意思開口，要不是人家機靈，知道我們牛怪一族愛吃湯圓，媽媽要找你，恐怕過了年還沒找著呢！」

「謝謝牛媽媽願意載我們一程，一角真的找了他的家人好久、好久，能有您的幫忙真是太好了！」

有別於瀅瀅打從心底的為眼前發生的種種巧合開心，一角倒是難得的沉著臉，這一趟路，真的能找到阿母嗎？他要怎麼跟阿母開口訴說這幾十年來的思念？就算現身在面前，他們還認得出自己來嗎？還是跟其他鬼口中說的一樣，人們看到鬼，第一個反應就是帶來壞運氣，恨不得他們早早離開人世間，離得越遠越好？

想到種種可能，一角非但開心不起來，還想逃得越遠越好，逃到天底下只有他一個人記得全家人也沒關係，如果只有自己掛念家人，家人卻把自己給遺忘，那份難過會讓人永生永世無法釋懷。

「大家報的地址，就在這裡，我們母子倆還要繼續趕路，趕去慶祝生日，小兄弟祝福你和家人團圓，對你們的大恩大德，我們一輩子也忘不了。」小牛怪乖巧依偎在媽媽身旁，對牠來說，睽違已久的生日會所帶來的期待，大過於離開新朋友的捨不得。

「謝謝牛媽媽的祝福。小牛怪下次肚子餓時可以來我家，我烤餅乾給你吃！」小牛怪聽到瀅瀅從後方傳來的話，開心的擺動尾巴。

正當一行人因告別而歡欣喧鬧，一角靜悄悄的躲在柱子背後，看著眼前一位白髮蒼蒼的婦人，一臉懷念的抬頭看著月亮。

「易覺，你如果回家，這碗湯圓就要慢慢吃。吃甜甜，大一歲好過年，你不用擔心爸爸、媽媽和小妹，正因為有你的庇蔭，所以我們全家人都平平安安。」老婦人說畢，將一碗熱騰騰的湯圓放在屋簷底下轉身走進屋內，一角感動的躲在柱子後偷偷擦著淚水。

「原來，阿母從來沒有忘記我，冬至這天還幫我準備一碗湯圓，要我好好長大。」

「一角，原來你的名字不是一角是易覺耶！好漂亮的名字，你媽媽還幫你準備湯圓，就跟我們為小牛怪做的事情一樣耶！你要和你媽媽見面嗎？」

「不用了，我只想安靜的看著他們，能夠知道阿母身體還勇健，就是我最大的福氣。」

「可是……」瀅瀅真不明白，明明一角朝思暮想的家人就在眼前，為什麼都走到了這一步，一角卻不想好好和家人面對面說話，訴說這好幾十年的思念呢？

「人鬼殊途，上一輩子的家人，現在有了新的生活，要是我忽然現身，阿母一定每日更加悲傷、掛念，為我還沒順利升天而感到愧疚，認為都是他們的錯，哪有做孩子的都過世了，還要讓父母白操心。別說了，我要去趕緊吃那碗湯圓，那是阿母特別為我準備的，一定比我們自己捏的還要好吃幾百萬倍。」

一角咻的飛進庭院內，怕熱的他，不敢用雙手捧起碗來，只敢將鼻子靠在湯圓碗上，用力聞著那碗阿母特別為自己準備的湯圓。

「好呷！好呷！就跟我記憶裡的味道一模一樣。」記憶裡，阿母總要依照他和小妹歲數，要他們吃比年紀多一顆湯圓，數著碗裡十粒湯圓，一角眼淚紛紛落在湯裡，阿母沒有忘記自己，在她心中，自己永遠都是那個十歲大，永遠長不大的男孩。就在這個時候，一角的項鍊飄飄然的飛起，隨著眼淚落下，叮叮咚咚增添好幾粒沙，那是鍾馗大人知道幫助小牛怪一家團圓所捎來的獎賞。

「外面怎麼有聲音？妹妹妳去看看，說不定是貓仔，來偷吃妳哥哥易

覺的湯圓，緊去巡看看。」

「我們快走！」一角頭也不回的牽起瀅瀅的手，往空中大力踩去。

「欸欸，怎麼走的那麼急啊？你湯圓都還沒吃完耶？」

「雖然阿母和妹妹看不見我，但我不忍心看到他們長大、變老，自己卻還是當年溺死時的模樣，只要知道他們平平安安，這樣就足夠了。」

「那……我可以問一個問題嗎？如果你覺得這樣就夠了，那為什麼你現在沒有像旺來和強仔一樣順利升天？」

在皎白月光底下，沒有藏得住的祕密，一角還待在人間，必然有他的原因。

「那就表示，我不曉得自己還有哪些願望還沒有實現。」一角越說越小聲，這些年，心中只掛念著見阿母一面，哪裡有心思，想想生前有哪些願望還沒實踐？

在冬至漫長的一夜裡，彷彿還能聽見遠方牛鈴聲悄悄響起，現在牛怪一家幸福團聚了，一角也順利見到朝思暮想的阿母，只是並不曉得，自己留在這世上，到底還要完成什麼願望才能順利升天？

最後的願望

為了喚醒早已遺忘的心願，現在的一角，時常獨自在夜空中，來回於瀅瀅與阿母家，只為了看上家人一眼。只要一眼就好，就能支撐著他，找尋他那被遺忘已久的心願。

「怎麼最近家裡附近一直在放煙火呢？」為了等每天晚上回家探望的一角回來，瀅瀅每晚都會開著窗耐心等候，這天，她坐在書桌前拖著腮幫子，遠望燦爛煙火施放。

「哎呀！妳連這個都不知道呀？三月媽祖生可是相當重要的日子

呢！」剛探視家人回來的一角，開心的連在空中連翻了好幾個跟頭。

「每個神明都和凡人一樣，有自己的生日，尤其媽祖娘娘是守護海上平安的守護神，我們水鬼一直受到媽祖娘娘慈悲的照顧，所以媽祖娘娘生日也是我們期待的大日子。我們水鬼界一直流傳一個傳說，聽說只要被媽祖娘娘肯定過泳技，下輩子就能順利投胎成游泳選手呢！眼看明天就是媽祖繞境了！村子裡肯定又要熱熱鬧鬧一番！」一角眼睛裡閃爍著光芒，自從見過全家人平安之後，便希望自己有朝一日，能早早順利投胎轉世，說不定還能與家人再續緣分。

「哇！那我們一起去繞境，好不好？」這時一角神情有些膽怯、不好意思，因為他最怕媽祖娘娘否定他的爛泳技，這對水鬼來說可是一件大糗事！

「我的泳技可是水鬼界中數一數二的差，我不好意思去見媽祖娘娘啦。」

「拜託、拜託！」拗不過瀅瀅的請求，隔日一角透過影子的指引，來到了媽祖出巡現場。看著眼前眾多信徒，瀅瀅才意識到原來媽祖出巡這麼壯觀，熱鬧得不得了。

「妳看那群人在鑽轎腳，求平安呢！」一角從影子中冒出手，拉拉瀅瀅的腳踝要她注意眼前的景觀，前方大馬路上有許多信徒正虔誠的跪在地上，耐心等待著神轎來臨，原來這些信徒希望能藉由鑽轎腳這個儀式，好去除過去整年的楣氣，祈求得到好運。淘氣的一角，從影子裡拉了瀅瀅腳踝一把，讓她順勢加入了信徒群裡，鑽進轎子下方準備求平安，一個不小心，她的屁股還差點卡住轎子呢，逗得一角在旁邊看得哈哈大笑，瀅瀅也被自己的傻氣逗得很開心。

「妳剛剛向媽祖娘娘祈求什麼願望啊？」

「才不告訴你，願望說出來就不靈了。」話一說完，瀅瀅擠進簇擁人群中，她雖然沒參加過繞境，但曾聽阿媽說過，串在千里眼、順風耳脖上的餅乾，吃下肚，還可以保佑全家平安。

因此瀅瀅費盡苦心，擠在最前頭，只為了幫自己和一角拿下一些平安餅乾，肚子餓得咕嚕作響，還順帶向路邊小販買包熱花生。

結束繞境後，兩人在海邊吃著剛拿下的餅乾和落花生一邊散步一邊聊天，但一角提醒瀅瀅，海邊可是時常會有水鬼出沒，靈敏的水鬼可是會捉交替讓自己順利投胎。

「那你怎麼不抓我呀？」現在的瀅瀅，一點也不怕好朋友會傷害她，如此一來，卻讓她更好奇，當時為什麼一角不捉自己當交替呢？

「我又不是想投胎想到發瘋！怎麼能為了自己而傷害無辜的人呢？」一角有義氣的挺胸表示自己才不會做這種事。遠遠的，瀅瀅看見有個男孩站在沙灘上向他們微笑招手。

「你好啊！」瀅瀅充滿善意的揮手致意，一角連忙阻止瀅瀅前進，小心呀，他可能是要捉交替的水鬼耶。

「那我該怎麼辦？說不定對方不是想抓交替的水鬼，只是好心想跟我們打招呼啊？」瀅瀅既害怕自己被捉去當替身，又怕誤會別人的好意。

「妳別害怕，其實我們水鬼最害怕滾燙的東西，妳先用剛剛買的熱花生，分一點給他吃，我們來觀察他的反應！假使他不敢吃，我們就知道他就是水鬼了。」一角急中生智，生出了這個每個水鬼都害怕的餿主意。明明知道可能會傷害人，但為了驗證一角說的話，瀅瀅吞了口口水，還是硬著頭皮答應照辦。

當男孩越走越近時，瀅瀅拿出熱花生想要熱情請他品嘗時，男孩卻害怕的倒退三步，瀅瀅一個踉蹌，居然把所有花生都倒在男孩身上，使男孩痛苦的在地上翻滾。

「好痛、好痛啊！」

「糟糕！我們傷到他了。」一角連忙現身，不顧滾燙花生對自己也有影響，連忙替鬼男孩撥開身上熱花生。

「嗚嗚，你們真可惡，我什麼事都沒做，你們怎麼拿水鬼最害怕的滾燙之物，來傷害我呢？再說，一樣都是鬼，憑什麼鬼也要傷害鬼？」鬼男孩委屈的看著兩人，兩人心虛的低下頭來，誠心誠意的道歉。

「因為……我怕你想抓我朋友當替身，所以才想出了這個爛主意。」一角緊閉雙眼道歉，是他不對，是他以小人之心度君子之腹，他一樣也是水鬼，卻誣賴別人比自己壞。

「哼！我才不稀罕趕去投胎呢，我是看到你和她走在一塊，我只是想要找人和我比賽游泳！我想要證明自己是濁水溪以南，游得最快的水鬼！」聽到這，瀅瀅噗哧笑出聲來。

「那你可找錯人啦！一角雖然是水鬼，不過他可是名副其實的旱鴨子耶。」瀅瀅老早就發現，每次上游泳課，一角總是躲得老遠，直說自己這裡痛、那裡不舒服，總之，就是不想潛入影子中和瀅瀅一起游泳，導致瀅瀅每次下游泳池都提心吊膽，就怕同學大喊「老師，許瀅瀅沒有影子！」

「不說你們可不知道，我可是在我們家族裡，人人稱我為東海小霸王，我一身的好泳技，可是連大人都要讓我三分！」原來鬼男孩慶仔的家庭是傳統討海人，全家大小世世代代都習慣和海洋相處，有一天，慶仔為了練習學校的游泳比賽，居然一個人游入深海，一個不注意竟然被無情的海浪捲走溺斃，來不及參加學校年度游泳比賽，成了他上輩子最遺憾的事。

「我可沒因為這樣就放棄游泳喔！相反的，每年媽祖生我都會現身在海邊，找到有緣人一較高下，希望媽祖娘娘能看見我，肯定我的泳技，保庇我下輩子投胎當最優秀的游泳選手！」聽到這，一角不以為意的聳聳肩，同為水鬼的他，從來不敢奢求媽祖娘娘的見證，反而害怕因為自己不會游泳，而被媽祖娘娘笑話咧。

「怎麼會有不會游泳的水鬼，別笑死人了！」聽到一角的擔憂，慶仔笑到簡直腰都挺不直了，這真是他聽過天底下最好笑的笑話。

「你連游泳都不會，憑什麼叫水鬼啊？」一角脹紅了臉，起先他還覺得慶仔是個和他一樣，不願意傷害人的好鬼，沒想到他居然嘲笑自己，兩人為此而互看對方不順眼，越吵越激烈，眼看就要打起架來！瀅瀅在一旁不知道該如何勸阻。

「你們別吵了，不然我跟你比賽，看誰游得快！」

「就憑妳！」慶仔和一角異口同聲，這還是第一次聽到人跟鬼下戰帖。

「不行嗎？我也會游泳呀，就算是我幫一角跟你比賽，只要證明誰游得快無論對象是人是鬼，你都可以接受吧？」

「瀅瀅！你瘋啦，哪有活人跟水鬼比賽的道理？要是有個三長兩短，我要怎麼跟妳的家人交代？」

「放心啦，你不是說過，送佛要送上天嗎？如果他贏了我，又湊巧讓媽祖娘娘看見肯定他的泳技，就可以完成願望，讓慶仔早日升天，那該有多好！」

雖然一角用盡力氣想攔住瀅瀅，卻還是無法阻止倔強的瀅瀅，眼看這場史無前例的人鬼游泳大賽就要開始了。逼不得已，在一角一聲令下，兩人朝前方奮力游，過了許久還沒有個結果，一角越來越擔心瀅瀅的安危。

「有了，說不定媽祖娘娘願意出手幫忙，讓瀅瀅早點平安回來。」這個白天，一角不顧鍾馗大人命令他躲在影子下的規定，只管飛奔至媽祖廟向千里眼、順風耳求救，請他們幫幫忙好帶回瀅瀅。

面對這來路不明鬼男孩的請求，千里眼與順風耳兩位將軍，面有難色，遲遲不回應一角在廟埕上的大呼大叫，鬼跑來廟宇大聲哭訴？這成何體統？

「不是都說，神明保佑眾生平安，怎麼真的有大事發生的時候，只管自己安危，不管老百姓的死活！」向來不輕易流露情緒的一角，跪在廟埕放聲大哭，只求瀅瀅能夠平安回來，這時候，媽祖娘娘端莊現身，微笑點頭示意，兩位神明才願意出馬幫忙。

「鬼孩子，上來吧，媽祖娘娘有指示，要我們兄弟倆幫你一把。」一角乘著兩位神仙的彩雲，終於在茫然無際的海上，看見瀅瀅、慶仔兩人正在奮力游泳。在大雷雨中慶仔仍不懈的奮力游泳，渾身冰冷的瀅瀅則露出疲憊的神色，顯然落後一大截。

「瀅瀅不要游了，我們回家吧！」無奈，風雨聲稀釋了一角的喊話，傳不進筋疲力盡的瀅瀅耳裡。

天空劈下一道閃電，險些就擊中瀅瀅，那畫面怵目驚心，讓一角緊張的緊跟在順風耳大人旁，此時，媽祖娘娘揮了一下手中的拂塵，原本下著大雷雨的天氣立即放晴，天上出現罕見的彩虹。

「我不行了……一角對不起，我輸了。」瀅瀅再也受不了，無力沉入海中，一群白海豚簇擁浮起，身為討海人家的孩子的慶仔，回頭卻看到白海豚現身。

「哇，連趕來為媽祖娘娘祝賀的白海豚都來了，這可是難得一見的吉兆呢！」慶仔在心中得意洋洋，但仔細一看，才發現白海豚們托著虛弱不已的瀅瀅，往岸邊的方向游去。

「是我不好！明知道人間孩子的體力不佳，不應該和水鬼一起比賽游泳，我還說自己不是要抓交替，這不是存心要害死她嗎？」慶仔這時才恍然明白，當初自己的堅持，反而傷害無辜的瀅瀅，毅然決然放棄比賽的約定，轉身回游，一心只想救瀅瀅上岸。

昏厥後的瀅瀅，睜開眼看見慶仔與一角擔心的圍繞身旁，第一句話居然是「我看見白海豚來救我！也看見在天的上媽祖娘娘，慶仔你下輩子一定是好棒的游泳選手！」聽到瀅瀅這番鼓勵後，慶仔不敢置信的看著天上的媽祖娘娘，看見媽祖娘娘笑而不語，讓慶仔開心的在岸邊喜極而泣。

「一角謝謝你，找來媽祖娘娘幫忙，現在我知道了，生前的我就是愛逞強才出事，現在還差點害別人也遭殃，安全最重要，我再也不會笑你不會游泳了！」一角和慶仔兩人握手言好，媽祖娘娘輕輕的用拂塵在兩人的頭頂上輕頂兩下給予祝福，便跟著千里眼、順風耳起駕回廟。三人鞠躬恭送媽祖娘娘離開，相互看了一眼後，笑了起來。

「你說你不會游泳，那麼讓我來教你吧？」慶仔決定，要教會這兩位新朋友，他最驕傲的游泳技術。

「什麼？游泳？我才不要，當初就是不會游泳才溺水，我才會死得那麼冤枉，不然依我在人世間的歲數，都可以當瀅瀅她爸了。」

「不會就是要學啊，難道你要把上輩子的遺憾和功課，繼續帶到下輩子裡去啊？」慶仔不由分說，將一角推入大海。費了好大一番工夫，一角終於學會了這麼多年來，他深深抗拒的游泳。

「好了，這下我們兩個都是被媽祖娘娘肯定的水鬼了。」慶仔豪爽的推推一角的肩膀，現在他們兩個可是被媽祖娘娘見證過的水鬼，這在冥界可是一件不得了的大事呢！

「真正的高手是你、是瀅瀅，我只是學會游泳，根本算不了什麼。」慶仔聽到一角的話，不好意思的摸了摸鼻頭，臉上起了兩片紅暈。

「瀅瀅，謝謝妳！若不是因為妳的勇敢和一片善心，才讓媽祖娘娘湊巧看到我，並且肯定我的游泳才華。謝謝你們完成我的夢想！」慶仔話才剛說完，一角就聽見沙漏內傳來沙粒增加的聲音。

「我們什麼時候，才能見到你呢？」離別的黃昏時刻到來，瀅瀅期待的追問慶仔，一點也不計較慶仔剛剛差一點就害自己溺水。

「決定下次什麼時候見面的人不是我，是白海豚！因為遇見牠們，才讓我想起，我的生前願望還沒完全實現呢！我從以前，就好想跟著傳說中的媽祖魚——白海豚朝更遠的海洋挑戰，這一次，有牠們的作伴，我相信一定可以順利完成我的願望。明年三月媽祖生，我們再一起慶祝媽祖娘娘生日哦！」慶仔在海面上豎起了大拇指，頭也不回跟隨白海豚去了。

自從知道牛怪一家人保佑農夫豐收，水鬼慶仔下輩子想要當游泳選手，讓瀅瀅好奇極了，到底大人們，都是怎麼選擇自己想要做什麼、不想要做什麼？像她，長大後想做的事情有一大堆，怎麼知道什麼事情最適合自己呢？

這個問題可難倒一角，他從來沒想過，除了跟阿爸一樣，安分守己當一位農夫外還有什麼選擇，至於下輩子想做什麼，他想留給那時的自己去傷腦筋，難得從一角那得不到答案，瀅瀅轉而向爸爸求救。

「爸爸，你小時候為什麼會想當消防員？」瀅瀅仰著頭問。

「妳還記得，阿公年輕時也是一名消防員嗎？」面對孩子突如其來的提問，瀅瀅爸爸似乎一點也不感到意外，他溫柔撫著書桌底下一張泛黃照片，照片上，年輕瀅瀅阿公帶著消防帽，露出一口潔白牙齒。

「當然記得啊！可是聽阿媽說，因為一次意外，讓阿公灰心好一陣子，甚至想放棄當消防員呢。」

「那是發生在爸爸小時候的事，爸爸記得很清楚，那時候，接連下了好幾天大雨，隔壁村子一個小男孩不小心跌落溪水，阿公不顧水深及腰，拚死拚活也想救這個孩子。」瀅瀅爸爸頓時陷入回憶漩渦，那時候的他，不能理解，為什麼爸爸非得要冒著生命危險出生入死？

直到自己也成為消防員，站在和父親當年一樣的位置，漸漸明白，人的生命是這麼的脆弱，所以需要有人在一旁安靜守護。

「這個故事聽起來好熟悉喔……爸爸，你還記得那個村子叫做什麼嗎？」

「溪北，溪的北邊，也是那一區農田的水脈，聽你阿公講，那個小男孩為了幫忙家裡顧牛所以才在河岸邊放牛吃草，因為不會游泳又想救牛，才會大水來了卻來不及逃生。」聽到這，瀅瀅一顆心撲通、撲通跳，她幾乎就要確定，當年那個溺水的小男孩就是一角。

一角曾經說過，見到阿母、學會游泳是他所能想到的生前兩個願望，第三個願望就是要跟當年試圖救他一命的恩人，說聲謝謝！沒想到，一角救命恩人很有可能就是阿公！

「可是我又不能確定，妳阿公就是當年救我的消防員？不能確定的事，就不能當作達成願望的條件。」雖然他也想向救命恩人道謝，可是瀅瀅的阿公別說確認整件事的過程了，就連要認出瀅瀅是他的孫女都有困難。

一角這番話讓瀅瀅陷入沉思，有誰能夠幫忙證明，一角就是當年阿公費盡心力想要救起的小男孩呢？失憶阿公辦不到的事情，有誰能幫忙？

「對了！你是不是說過，只要調到對的頻率，就能連結兩個人的記憶嗎？」

「對耶！我怎麼沒想到這招，瀅瀅妳真聰明！」

不過要怎麼樣，才能讓一角走進阿公的回憶裡頭？尤其在他意識清醒如此短暫的時光裡，連好好跟阿公聊天都是奢侈，到底要怎麼做，才能順利喚回阿公的記憶？

「有了，阿媽說過，喜歡的事不會忘，阿公平常最喜歡唱歌，只要我們一起唱同一首歌就有一樣的情緒，你就能連結你們曾經有過的回憶，一角我說的對不對？」這下，換一角換心生遲疑。

「你不是也說過沒有試試看，怎麼會知道有沒有用？」一角遲疑的點頭，不知不覺中，像小妹妹一樣的女孩，成為他在人間最放心的依靠。

這時候，瀅瀅一手牽著一角冰涼的手，一手則牽著阿公發皺的手，兩隻手帶給她截然不同的感受。

「阿公，我們今天來唱歌好不好？」聽到唱歌兩字，阿公茫茫然的眼神，發出星星般的清朗光芒。

「唱歌？好啊、好啊，我最愛唱歌，妳要唱什麼歌？」

「我們來唱〈白鷺鷥〉吧！」

一角：「白鷺鷥。」

瀅瀅：「車畚箕」輪到阿公時，阿公卻一臉茫然看著瀅瀅，顯然對這首歌沒有太多印象。

「沒關係、沒關係，阿公我們再唱另外一首歌試試看！」

「一的炒米香」一角先唱。

「我知道！這首歌是數字歌，以前阿媽最喜歡教我唱了！二的炒韮菜，三的強強滾」明快的節奏讓阿公開心的點著腳尖打節拍。

「四的炒米粉」一角唱得開心極了！每一首臺語兒歌都難不倒他，因為放牛最怕就是無聊，唱歌就是他平時最大的樂趣。這一次，卻換瀅瀅不知道該怎麼唱了。

「一角對不起，接下來我不會唱了。」

「這有什麼好對不起的？這首歌你一定會唱！」一角唱起了在每晚趕著牛兒回家時，他最喜歡哼的歌〈天黑黑〉。果真如他所言，這首歌三人越唱越開心，阿公臉上的表情也越來越清明，一點也不像平日昏昏沉沉的模樣。

「瀅瀅，妳回來找阿公玩啊？」恢復記憶的阿公，認出眼前的女孩是他的乖孫女時，臉上散發好看光彩，神情頓時神采飛揚。

「就是現在！」瀅瀅還來不及開口喊他一聲阿公，一角大喊著潛入阿公的記憶當中。天空頓時烏雲密布起來，瀅瀅能夠感覺到，在阿公的記憶裡，曾下了一場傾盆大雨。

「咦？一角呢？」瀅瀅眼睜睜看著一角，消失的無影無蹤，取而代之是一片白茫茫芒草近在眼前，耳裡傳來震耳欲聾的湍流的溪水聲。

「妹妹，妳別跟過來！妳的阿爸、阿母呢？這裡水流很急，很危險，妳快回家去。」一名中年男子拿著竹竿，因擔心小女孩的安危而停下腳步，瀅瀅卻一眼認出河流裡的小男孩，就是一角！

該怎麼辦才好？看著一角溺水的模樣，讓瀅瀅心急的掉下眼淚，明明知道這是回憶心裡卻還是痛苦不已，但有誰能救救他，讓所有故事可以重新來過？

「妹妹，她是你朋友嗎？妳不要擔心，我一定會救他上來，孩子撐著點！我們都在這裡等你，握緊一點，不要鬆手！」男人伸直了上半身，將竹竿遞向小男孩，但男孩終究不敵湍流水急，放手了。這一放手，讓男人不顧生命危險、溪水湍急，撲通縱身跳進溪流裡，這時候，瀅瀅認出眼前的男人就是年輕時的阿公。

「阿公！」看著最親愛的家人和朋友面臨生死關頭的危險，讓瀅瀅失去理智的放聲尖叫卻發現自己發不出聲音。

「瀅瀅，妳醒醒！那只是回憶的重播，妳別為我死去那一天傷心，我現在很好，過去都過去了，別為我擔心，快醒醒。」聽見一角的呼喚，瀅瀅恍恍惚惚的睜開眼，臉頰上還有剛才滑落的冰冷淚痕。

「我從來不曉得，原來我的離開除了讓阿爸、阿母和小妹妹傷心以外，也是你阿公生命當中最痛苦的一天。」

「謝謝你，要不是因為你願意出手幫忙，這世界上，一定還有更多像我一樣的小孩，無辜消失在這個世界上。瀅瀅阿公你再也不用感到對我有所愧歉，我知道我很幸福、非常幸福，直到人生最後一刻，都有人願意為我伸出援手幫忙。」

說完後，一角握緊了瀅瀅阿公冰涼的雙手，阿公望著他的眼神，就像認出當年的小男孩，用手背擦拭不斷湧出的淚水。

瀅瀅曉得接下來即將發生的事，就和狗王、小豬、強仔他們一樣，一角順利完成這輩子最後的願望，即將往下一個旅程邁進，可是……她好捨不得最要好的朋友離開，她好捨不得放手，為什麼人一定得分離？難道大家就不能永遠在一起，當彼此最要好的朋友嗎？

「別哭了，愛哭鬼，我們不是看過狗王和小豬、強仔都順利升天的樣子了嗎？我不會有事的。」

一角微笑著向瀅瀅揮揮手，原本灰色的身體被亮光一點一點的取代，雖然，他還有好多話想對瀅瀅說，還有好多好玩的事想與她一起玩。但是，人只有好好投胎，未來才能有機會繼續將故事說下去。

「瀅瀅謝謝妳，還好那天我從斑馬的眼珠裡看見妳、遇見了妳，才讓我覺得自己沒有被老天爺放棄，以前，我總是會偷偷恨老天爺，為什麼讓我這麼小就離開阿爸、阿母身邊，現在我知道，沒有人會被真正遺忘，我永遠都在你們心上。」這時候，原先掛在一角脖子上，裝有沙子的沙漏項鍊在地上碎了一地，散沙就像美麗星空般，好像他們一起度過許許多多個的夜晚，一閃一閃亮晶晶。

瀅瀅不捨的一根、一根放開緊握一角手腕的手指頭，她知道，只有自己放手，才能讓一角放心升天，微笑著消失在阿公與瀅瀅眼前。

「瀅瀅，阿公剛剛好像做了一個夢，妳也在夢裡喔。」聽到阿公這麼說，對剛失去好朋友的瀅瀅感到既開心又難過，鹹鹹的淚水滑過嘴邊，最終綻放出甜甜的笑容。

那天過後，阿公的精神越來越好，有時候，甚至能夠意識清明的和大家聊上幾句話，雖然時間短促，但已經是全家人最溫暖的安慰。

阿公身體好轉的祕密只有瀅瀅知道，這是因為他們在心中共同唱一首歌的緣故，當阿公唱歌的時候，她會在一旁輕輕的哼，她也相信，在天上等著投胎的一角，一定也會悄悄跟著和，就像他從未離開。

國家圖書館出版品預行編目資料

7月7月鬼門開／洪佳如文；左萱圖. －初版 .
--臺北市：幼獅，2018.7
面； 公分. --（故事館；53）

ISBN 978-986-449-110-0（平裝）

859.6　　107002365

故事館053

7月7月鬼門開

作　　者＝洪佳如
繪　　者＝左萱
出 版 者＝幼獅文化事業股份有限公司
發 行 人＝李鍾桂
總 經 理＝王華金
總 編 輯＝劉淑華
副總編輯＝林碧琪
主　　編＝林泊瑜
編　　輯＝周雅娣
美術編輯＝李祥銘
總 公 司＝10045臺北市重慶南路1段66-1號3樓
電　　話＝(02)2311-2832
傳　　真＝(02)2311-5368
郵政劃撥＝00033368

印　　刷＝祥新印刷股份有限公司
定　　價＝250元
港　　幣＝83元
初　　版＝2018.07
書　　號＝987248

幼獅樂讀網
http://www.youth.com.tw
e-mail:customer@youth.com.tw
幼獅購物網
http://shopping.youth.com.tw/

行政院新聞局核准登記證局版臺業字第0143號